연년생 아들 육아

연년생 아들 육아

≥ 눈에 뵈는 게 없다! ≥

안현진 지음

프로방스

"으아! 우유 쏟으면 어떡해!"

"괜찮아, 괜찮아. 닦으면 돼."

둘째가 괜찮다고 말한다. 그 말에 머쓱해서 조용히 우유를 닦았다. 윤우는 "그래! 하자!", "괜찮아, 괜찮아."란 말을 잘한다. 네 살 아이에게서 엄마가 배운다.

첫째가 다섯 살에서 여섯 살로 접어드는 겨울이었다. 할미꽃 전래동화를 읽어 주는데, 마지막 장에서 눈시울을 훔친다.

"선우야, 왜?"

"이거 너무 슬퍼. 슬픈거 싫은데 자꾸 눈물이 나."

다섯 살도 할미꽃 이야기에 눈물이 날 수 있구나. 슬퍼서 계속 눈을 비비던 아이가 예뻐 보였던 밤이다. 공간 지각력이 발달한 남자와 공감 능력이 발달한 여자의 사례를 다룬 다큐멘터리를 본 적 있다. 차이는 있을 수 있지만, 남자아이라고 해서 공감 능력이 떨어지는 건 아니다. 아들도 감수성이 풍부할 수 있음을, 아들 둘을 키우며 알아 가는 중이다.

한 살 차이 나는 형제는 옷도 한 치수 차이 난다. 친구처럼 어울려 지내지만 '형은 형이고 동생은 동생이구나.' 느낄 때가 많다. 남편과 6개월간 주말부부로 지낸 적이 있었다. 주말을 함께 보내고 월요일이 되었을 때다. 잘 놀던 윤우가 갑자기 아빠가 보고 싶다며 울었다. 앉아서 엉엉 우는 모습이 귀여워 사진을 찍었다. 그때 선우가 오더니, 동생을 안아 주고 엄마를 찌릿 째려본다. 카메라를 끄고 윤우 다독이는 데 동참했다.

연년생 형제는 잘 놀다가도 싸운다. 싸웠다가도 금세 화해

하고 같이 논다. 선우는 동생과 노는 것도 좋아하지만 혼자 하는 활동도 좋아한다. 책 보기, 그림 그리기, 색칠하기, 만들기, 퍼즐 맞추기……. 윤우가 낮잠 자는 동안 선우와 보내는 조용한 시간을 좋아한다.

드르륵. 드르륵.

전동 드릴 돌아가는 소리가 난다. 아빠의 공구 상자는 윤우가 좋아하는 장난감이다. 드라이버로 나사를 풀고 뭐든 뜯어보길 좋아한다. 안에 뭐가 들었는지 궁금하다며 뜯어 놓고, 다시 조립하진 못한다. 분해된 장난감은 테이프로 칭칭 감아 새로운 장난감으로 탄생한다. 옛날로 치면 둘째 윤우는 장군, 첫째 선우는 선비 같다. 성향이 다른 두 아이가 한집에서 살고 있다.

점심을 먹고 부엌에서 설거지하고 있을 때다. 안방에서 키득 키득 아이들 웃음소리가 들린다. 침대 옆 공간에 숨어 있는 걸 모른 체 했다. 설거지를 하다가 고개를 휙 돌렸다. 엄마와 눈이 마주치자 얼른 몸을 숨긴다. 다시 설거지를 했다. 머리 두 개가 침대 위로 올라갔다 내려갔다 움직인다. 고개를 돌리니 킥킥거리며 또 숨는다. 두더지 게임의 두더지들 같다. 설거지를 끝내고 "요 두더지들, 어디 숨었니?" 하며 잡으러 갔다. 엄마의 기습에 아이들은 숨넘어가게 웃는다.

어른 남자가 조금 익숙해지자 사내아이 둘이 내게 턱 맡겨졌다. 천방지축 아무것도 모르는 아기는 제 하고 싶은 대로 세상을 탐험해 나갔다. 그 과정에서 여자 사람으로 26년을 살아온 나는, 경험해 보지 못한 세계에서 몸부림쳤다. 우는 아이 붙잡고 같이 울기도 했고, "나도 엄마 안 하고 싶어!" 소리치고 싶은 적도 많았다.

결혼 전에는 목소리가 작았다. 바로 옆 사람도 귀를 기울여야 할 정도였다. 아들 키우면 목소리가 커진다더니 나도 예외는 아니었다. 목소리의 크기도 성격도 변해 갔다. '내게 이런 못난 모습이 있었단 말이야? 최악이다!'라는 생각이 들 정도로 처음 마주하는 내 모습도 있었다.

아이는 낳으면 저절로 크는 줄 알았다. 어떻게 키워야겠다는 생각보다 그저 남들 하는 대로 하면 되겠지 생각했다. 육아도 공부가 필요한 줄 몰랐다. 육아서를 읽기 시작했다. 책대로 되는 것은 아니지만, 읽기 전과 후는 완전히 달랐다. 책을 읽으면 읽을수록 '내가 아이를 잘 키울 수 있을까?' 하는 막연한 불안감이 '나도 잘 키울 수 있다. 잘하고 있다.'로 바뀌었다.

아이를 좋아해 엄마 역할도 잘할 수 있을 거라 막연히 생각
했다. 엄마가 됨에도 준비가 필요하다는 것을 아이 키우며 깨달
았다. 인생의 큰 굴곡 없이 살아온 내게 결혼과 육아는 큰 과제
를 던져 주는 시험대 같았다. '엄마'는 어떻게 살아야 하는지 끊
임없이 물음을 던지는 자리였다. 두 아들을 키워 온 시간만큼
엄마도 함께 자랐다.

차 례

제1장

결론은 육아

결혼하니 좋아?

어느 날 친구가 고양이 두 마리와 동거를 시작했다. 고양이의 매력에 푹 빠진 친구는 엄마의 마음과 똑 닮아 있었다. 고양이를 키우고부터 아이를 키우는 나를 더 이해하고 공감한다. 일하기 싫다고, 그만두고 싶다던 투덜거림이 줄었다. 지금 이대로가 좋아서 아직 결혼 생각이 없다고 했다.

20대 초반에는 하고 싶은 일, 이루고 싶은 일, 취업하고 싶은 직장이 주 관심사였다. 첫 직장을 가진 후, 가장 먼저 한 것은 '적금 들기'였다. 3년 만기 5천만 원. '결혼 자금 모으기'가 목표였다. 부모님께 손 벌리지 않고 내가 모은 돈으로 하고 싶었다. 그런데 그 적금을 다 채우기도 전에 결혼했다.

인생의 큰 전환점을 갑작스레 맞이하게 되었다. 결혼에 대해 진지하게 생각해 본 적이 없었다. '아직은', '언젠가는' 하는 단어처럼 당장 나와는 상관없는 일이라 여겼다. 결혼식은 어떻게 하고 싶다거나 '웨딩드레스, 머리 모양, 신혼여행은 어떻게 하지?' 하는 생각을 깊이 해 본 적이 없다. 그저 모든 일이 일사천리로 이루어졌다. 정신을 차리고 보니 신부 대기실에 얼떨떨하게 앉아 있었다. 여러 사람의 축하를 받느라 정신없었다. 신혼여행에서 돌아와 신혼집에서 생활하며 실감했다. 아! 내가 결혼이란 걸 했지!

"결혼하니까 좋아?"
"결혼하면 어떤 게 좋아?"
결혼 후 제일 많이 받았던 질문이다. 또래보다 일찍 한 결혼이라 주위에서 결혼 후의 삶에 관심이 많았다. 신혼집을 구경하고, 결혼에 관한 이야기를 듣고 싶어 했다. 내게 결혼은 연애의 연장선 같았다. 하지만 이 생각은 첫아이가 태어나기 전까지만 유효했다.

사귄 지 얼마 안 됐을 때처럼 신혼 초에도 많이 다퉜다. 서로 다른 삶을 살아오던 사람들이 한집에 같이 살게 됐다. 연애와 결혼의 가장 큰 차이었다. 양말 벗어 놓는 것, 치약 짜는 것, 자기 전 잠옷으로 갈아입는 것, 물건 정리하는 것 등 사소한 생활 방식이 전부 다르다는 데 놀랐다. 연애할 때와 조금이라도 다른 태도를 보이면 더 서운했다.

'결혼했다고 다른 건가? 결혼하면 끝이야?'

혼자 서운해하고 끙끙대다 다툼으로 이어졌다. 그때의 나를 되돌아보면 어렸다는 생각이 든다. 결혼에 대한 불안한 마음에 인터넷 카페 글을 찾아 읽었다. 드라마에서나 볼 법한 이야기들이 게시판에 가득했다. 특히, 아내가 출산 후에 남편이 외도를 많이 한다는 '카더라' 글에 충격을 받았다. 없던 불안과 걱정이 솟구쳤다.

'남편도 결혼했다고 변하는 거야? 아니야. 남편은 절대 변하지 않을 거야.'

결혼하면 달라진다는 글에 꽂혀 말투, 행동이 조금이라도 다르면 예민해졌다. 혼자 마음 상해했다. 대화를 나눴다면 오해도 없고 다툼까지 가지도 않았을 텐데. 남편은 자신의 마음을 믿지 못한다는 것에 상처를 받았다. 그 후로 불안과 싸움의 불씨가 된 인터넷 카페에 들어가지 않았다. 왜 남의 이야기를 듣고 오지도 않은 미래를 앞서 걱정하고 불안해했을까?

3년 뒤, 신혼인 친구가 인터넷에서 본 결혼 생활 이야기를 했다.

"인터넷 카페 글은 되도록 보지 마. 서운할 땐 바로바로 풀어야 해. 다른 사람 이야기 말고 당사자인 우리 얘기에 귀 기울여야 해."

그때 이런 말을 해 주는 사람이 한 명이라도 있었으면 어땠을까? 막연한 불안감에 떨던 3년 전 내 모습이 스쳐 지나갔다.

남편과 다툰 이야기는 친구나 엄마에게는 하지 않는다. 시간이 지나서 어머님이나 형님에게 말할 때는 있다. 친구에게 하는 것은 남편을 험담하는 것 같아서 싫고, 친정엄마에게는 속상해하실 것 같아서 하지 않는다. 나만큼이나 남편을 잘 아는 사람이 시댁 식구다. 어떤 일로 싸웠는데 속상했었다고 이야기하면 내 편을 들어 준다. 그래서 남편과 다툴 때면 어머님과 형님 생각이 제일 먼저 난다. 한번은 감정에 북받쳐서 울며 소리친 적이 있다.

"어머님이랑 형님한테 다 말할 거야! 어머님이랑 형님은 내 편 들어 준단 말이에요!"

그 말에 잔뜩 화가 나 있던 남편이 멈칫했다. 그러고는 미안하다고 안아 주었다. 둘만의 다툼으로 그치면 금방 끝날 일이

가족이나 친구에게 풀어내면 더 커진다. 지나고 보면 어느 한 사람만 잘못해서 다툰 게 아니었다. 그 순간에는 나보다 상대방의 잘못이 더 커 보인다. 그래서 다툰 이야기도 시간이 지나서 꺼내 놓곤 한다. 결혼한 지 얼마 되지 않았을 땐 서운할 일도 많고 목소리 높일 일도 많았다. 그런 시간도 어느새 지나갔다. 결혼 생활도 적응 기간이 필요했었다.

연애와 결혼은 달라질 수밖에 없는 환경이다. 함께 생활을 이어 나가는 것이 결혼이다 보니 처음엔 단점이 더 눈에 들어온다. 신혼 초엔 옷을 뒤집어 벗어 놓는 것이 스트레스였다. 남편을 바꾸려 하기보다 내가 적응하는 게 빨랐다. 순전히 내 마음의 평안을 위해 내려놓는 쪽을 택했다.

결혼 8년 차. 남편의 빨래는 여전히 뒤집힌 채 돌아가고 있다.

네 남편, 어때?

남편의 파견 근무로 이사한 지 얼마 안 됐을 때 일이다. 마치면 바로 오던 남편이 처음으로 수영을 하고 오겠다고 연락이 왔다. 밤 10시가 넘어서 돌아왔다. 우리는 아이들을 재우면서 같이 잠이 들었다.

새벽 5시, 알람이 울렸다. 일어나 책을 읽고 글을 썼다. 그런 후 아침을 준비했다. 당직이라 갈아입을 옷을 챙기는데 기분이 가라앉기 시작했다.

"기분이 안 좋아 보여. 당직이라 혼자 있을 생각에 그렇지?"

남편의 토닥임에도 알 수 없는 답답함과 짜증이 일었다. 출근길 배웅도 하는 둥 마는 둥 했다. 컴퓨터를 켜서야 알았다.

'오늘 부부의 날이구나.'

문자의 답도 단답형으로 보냈다. 어제는 아무렇지 않았다. '집과 직장만 오가는데 수영할 수도 있지, 수영하다 보면 늦게 올 수도 있지, 이게 화낼 일은 아니지.' 생각했었다. 화도 나지 않았다. 웃으며 이런저런 얘기를 하다가 잠이 들었다. 그런데 갑자기 왜 이럴까? 정말 남편 때문에 화가 난 걸까?

아침에 오늘 할 일을 적었다. 경제 관련 책 읽기, 출판사 서포터즈 활동, 블로그 글쓰기, 초고 쓰기. 하나씩 하려는데 시작도 전에 숨이 찬다. 남편은 오늘 당직이고, 아이들은 종일 내가 봐야 한다. 항상 도돌이표다. 육아와 하고 싶은 일 사이의 균형을 맞추는 게 늘 어렵다. 그게 잘 안되니 애꿎은 남편에게 화풀이했다. 남편 때문이 아니라 나 때문이었다.

오후에 남편에게서 전화가 왔다. 밝은 목소리였다. 보고 싶어서 전화했다고, 먹고 싶은 거 없냐고 물었다. 그 전화도 퉁명스럽게 받았다. 그런데 저녁에 남편이 케이크를 사 왔다. 부부의 날이라며, 아이들과 함께 먹으라고 했다. 저녁 시간에 잠깐 온 거라 케이크만 주고 갔다. 아침 출근길에도, 문자에서도, 전화를 받았을 때도 속으로는 미안해하고 있었다. 사과 한마디 못 하고 현관을 나서는 남편의 뒷모습만 바라봤다. 나란 사람이 참 못나 보였다.

남편이 전화했던 오후, 직장에서 안 좋은 일이 있었다고 한다.

'그렇게 전화 받지 말걸……' 편하게 일하는 것도 아닌데 나만 힘들다고 티를 낸 게 부끄러웠다. 남편은 고려하지 않고 내 기분대로 행동했다. 스스로 감정을 잘 추스른 뒤에 말로써 내 상황과 기분이 어떤지 전해야 했었다. 바뀌어야 하는 건 상대방이 아니라 '나'였다. '내 기분이 태도가 되지 않게 해야지!' 남편이 케이크를 사 온 그날, 다짐했다.

삐비빅. 문 여는 소리가 들린다. 남편이 돌아왔다. 나만큼 아이들도 아빠에게 하고 싶은 이야기가 많다. 색칠한 그림과 블록으로 만든 작품을 먼저 보여 준다. 놀다가 다친 일, 동생이나 형이 속상하게 해서 운 일 등 앞다투어 쏟아 낸다. 아이들이 이야기하는 동안 내 차례를 기다린다. 저녁을 먹고 DVD를 틀어 주면 아이가 없는 집처럼 고요해진다. 그제야 나도 남편과 조용히 대화할 시간이 생긴다. 이젠 내가 '수다 씨'가 된다. 오늘 아이들이 한 재미난 말을 비슷하게 따라 하며 말한다. 부모가 된 두 사람의 웃음소리가 안방 가득 울려 퍼진다.

"둘이 잘 안될 것 같죠?"

"응. 인연이 아닌가 보지, 뭐."

친구에게 남편 지인을 소개했다. 처음엔 서로 좋은 감정을 가지고 만나는 것 같았다. 요즘은 연락이 뜸해 보인다. 주위 사람들에게 소개팅을 많이 주선했지만, 성공률이 낮다. 소개해 준 지인들이 잘 안될 때마다 인연이 되는 만남이 쉽지 않음을 깨닫는다.

나는 대학생 때 처음 만나 연애한 상대와 결혼했다. 연애할 때도 좋았지만, 결혼한 지금도 남편이 점점 더 좋아진다. '선배'란 호칭으로 불리는 남편은 나보다 늘 어른 같다. 처음엔 네 살 차이 때문인 줄 알았다. 막상 남편이 먼저 거쳐 간 그 나이가 되니 그전의 나와 다를 게 없었다. 나이의 앞자리가 바뀌면 큰일 나는 줄 알았다. 서른이 되면 어떤 기분인지 남편에게 알려 달라고 했다. 아무 일도 없었다. 그저 서른이 되었을 뿐이다. 이젠 마흔이 되면 어떤 기분인지 알려 달라고 한다. 넌 서른이 안 올 것 같냐며 어이없어하던 남편도 알겠다며 함께 웃는다. 풋풋하던 20대 초반의 캠퍼스 연인이 어느덧 함께 나이 들어가는 8년 차 부부가 되었다.

누군가 내게 "남편, 어때?"라고 물으면 "우리 남편? 최고지!"

답할 만큼 남편이 좋다. 제일 친한 친구이자 인생의 가장 든든한 동반자이다.

육아는 어떤 거야?

"현진아, 나 결혼해."

대학 친구가 결혼 소식을 전했다. 깜짝 놀랐다. 스물다섯, 나까지 같은 해에 결혼할 줄은 그 당시 꿈에도 몰랐다. 결혼하니 좋냐고 묻던 친구들에게 대답했다.

"엄마, 아빠랑 떨어져 사는 거 말곤 좋아! 헤어질 때 아쉬워할 필요도 없고 심야 영화도 언제든지 보러 갈 수 있거든."

말은 이렇게 했지만, 처음엔 모든 게 낯설었다. 새롭게 적응해야 할 환경이 마냥 편할 수만은 없었다. 하지만 결혼 생활에 빨리 적응해 나갈 수 있었던 건 시댁 식구들 덕분이었다. 연애할 때 몇 번씩 뵈어오던 시부모님도, 남편의 누나인 두 형님도 모두 편하게 대해 주셨다.

결혼한 두 형님 가족까지 모두 모이면 대가족이 된다. 비슷한 연령대의 아이들만 일곱 명이다. 결혼한 지 몇 달 안 됐을 때이다. 온 가족이 외식하고 집으로 돌아가는 길이었다. 큰형님은 내게 남동생이 잘해 주냐고 물었다. 잘 못 하는 것이 있으면 말하라고, 서운한 건 바로바로 남편에게 이야기해야 한다고 했다. 그 말이 얼마나 고마웠는지 모른다. 형님이 아니라 결혼을 먼저 한 언니처럼 이야기해 줬다. 뭐라도 챙겨 주려고 하는 형님들을 보면 '나도 저런 시누이가 될 수 있을까?' 생각하곤 한다.

짧은 신혼생활이 끝나고 첫아이가 태어났다. 스물여섯, 병원에서 계속 일했더라면 4년 차 간호사가 된다. 친구들은 직장에서 경력을 쌓아가고 있을 때 난 엄마가 되었다. 엄마가 되자 결혼보다 더한 새로운 세계가 펼쳐졌다. 아이는 2~3시간 간격으로 맘마를 찾고 울었다. 밤낮이 바뀌었다. 눈은 퀭하고 손발은 흐느적거렸다. 좀비가 따로 없었다. 밥 챙겨 먹기도 귀찮았다. 밥보다 조금이라도 더 자는 걸 택했다.

갓 태어난 생명을 책임지게 된 부담감도 더해졌다. 아이는 포동포동 살이 올랐다. '눈에 넣어도 안 아플 내 자식'이란 말을 실감하며 지냈다.

화장실에 가면 일부러 거울을 보지 않는 날이 늘었다. 아기 낳고 나면 임신 중에 찐 살 다 뺄 거라고 다짐했었다. 잘 되지 않았다. 탄력 없는 배, 푸석푸석한 피부, 퀭한 눈을 보면 힘이 빠졌다. 예전의 내 모습으로 돌아가지 못할까 봐, '아이'만 있고 '나'는 없는 삶을 평생 살게 될까 봐 우울했다.

어쩌다 보니 친구들 사이에서 결혼과 임신, 출산을 일찍 한 사람이 되었다. 친구들은 내 삶을 궁금해하고 신기해했다. 결혼과 육아에 있어서 궁금한 게 많은 것은 나도 마찬가지였다. 신혼집과 아기가 보고 싶어 찾아오는 지인도 많았다. 아이와 함께 정신없이 지냈다. 내 모습은 늘 화장기 없는 얼굴에 편한 복장이었다. 손님이 돌아가면 마음 한구석이 허전했다. 나와는 다른 모습과 생활이었다. 분명 내가 선택한 삶이지만 다른 사람들 이야기를 듣다 보면 자연스레 비교됐다. 여행을 계획하는 친구도, 최근에 본 영화를 이야기하는 친구도 모두 부럽기만 했다. 결혼 전엔 나에게도 지극히 평범했던 일상이었다. 아이를 낳고 나니 간절해진 일상이 되었다.

결혼과 육아가 어떤 것인지, 내가 느끼는 감정이 정상인 것인지 알고 싶었다. 사소한 것 하나까지 궁금한 것투성이였다. 예방접종이라고 해서 전부 다 맞혀야 하는 건지, 분유는 어떤 게 좋은지, 기저귀는 뭘 써야 하는지, 이유식은 어떻게 해야 하는지, 아이는 잘 크고 있는지…….

답답하거나 묻고 싶은 것이 있을 때 책을 찾는 습관이 있다. 육아서를 찾게 된 것은 당연하고도 자연스러웠다. 날것 그대로의 육아가 책 속에 다 있었다. 책을 통해 또 한 번 육아의 신세계에 눈을 떴다.

한겨레에서 운영하는 〈생생육아-베이비트리babytree.hani. co.kr〉 라는 사이트가 있다. 이곳에서 직장인 엄마, 아빠 육아, 해외에 사는 엄마 이야기 등 다양한 육아의 현장을 글로 읽을 수 있었다. 그중 세 아이를 '자연 출산'으로 낳은 엄마의 이야기에 푹 빠졌다. 병원이 아닌 조산원과 집에서 아이를 낳았다. 읽으면 읽을수록 대단해 보였다. 나라면 절대 못 할 것 같은 자연 출산에다 조금 늦은 나이에 결혼하여 세 아이를 낳고 기르는 이야기. 그야말로 생생한 육아의 현장이었다. 일회용 기저귀가 아닌 천 기저귀를 사용하고, 아파트가 아닌 시골 주택에서 사는 삶은 나와는 전혀 다른 모습이었다. 글을 읽을 때마다 내가 그동안 아이를 낳고 기른다는 것에 아무 생각이 없었음을 깨달았다. 선배 육아맘들의 이야기를 읽으며 '아이를 낳는다는 것은 이런 거구나!', '아이를 키운다는 것은 이런 거구나!'를 알아 갔다.

내게도 아이가 통잠을 자기 시작하는 백일의 기적이 찾아왔다. 밤에 함께 잘 수 있는 것만으로도 좋았다. 아기 띠를 하고 외출하는 일상도 자연스러워졌다. 그런데 아이가 8개월 때 둘째가 찾아왔다. 이제 조금 낫다 싶었는데 벌써 둘째라니! 첫아이를 낳은 병원에서 1년 뒤 둘째를 낳았다. 아이 하나를 키우는 삶과 아이 둘을 키우는 삶은 천지 차이였다. 갓난아기는 전반적인 돌봄이 필요했고, 아장아장 걸어 다니는 첫째는 밖으로 나가고 싶어 했다. 두 아이와 함께하는 일상이 자꾸만 나를 벼랑 끝으로 내모는 것 같았다. 한계를 마주하는 순간이 비일비재했다. 내 한계치는 여기까지인 것 같은데 연년생을 키우는 것은 항상 그 이상을 요구했다. 둘째를 낳고 한 달 후, 남편은 병원에 취업했다. 새로운 직장 적응과 3교대로 더 바빠졌다. 거기다 첫째의 아토피가 심해져 집중적으로 관리하던 시기였다. 둘째를 출산했던 해의 겨울은 혹독했다.

일상의 패턴이 흐트러졌다. 다시 밤낮이 바뀌었다. 두 시간 눈을 붙이면 많이 잔 것에 속했다. 첫째 땐 빼려고 해도 안 빠지던 살이 연년생 아들을 키우며 쭉쭉 빠졌다. 두 아이가 동시에 울 때면 어쩌지를 못해 함께 울었다. 폭풍 같은 일상이 지나간 밤. 한숨 돌린다고 멍하게 앉아 있으면 눈물이 툭 떨어졌다. 막연히 두 아이를 키우는 게 힘들 거라고만 생각했지 이 정도일 줄은 몰랐다. 아무것도 모르는 어린아이한테 소리친 날에는 엉엉 목 놓아 울었다. '애 잘 때 잠이나 잘 걸, 뭐 하러 깨어 있었을까. 그러면 덜 예민해졌을 텐데…… 미안해, 엄마가 미안해……'

처음보단 조금 낫겠지 싶었다. 그러나 초보 딱지도 떼기 전에 두 아이를 책임진 어린 엄마였을 뿐이다. 친정엄마 생각이 많이 났다. 남동생과는 두 살 차이지만 개월 수로는 연년생이다. 그래서 엄마도 그 힘듦을 짐작했던 걸까. 내가 둘째 소식을 전했을 때 걱정부터 했다. 엄마의 반응이 왜 그랬는지, 두 아이를 키우면서 알게 됐다. 남편 친구들도 비슷한 나이에 결혼해 비슷한 시기에 아이를 낳았다. 신기하게도 모두 아들이었다. 친구들이 아들 하나 키우고 있을 때 우리만 아들 둘이 되었다. 남편도 힘들고 혼란스럽긴 마찬가지였다. 새로운 직장에 적응하랴, 3교대 근무하고 돌아오면 아이 돌보랴, 함께 잠을 못 자던 때였다.

연년생 육아는 어떤지, 원래 이렇게 힘든 건지, 다들 어떻게 키우고 있는지 묻고 싶었다.

그 시기에 한 번 더 책을 부여잡게 된다. 육아의 세계에서 책은 내게 구원의 밧줄이었다.

결론은 육아

"어린이집 안 가요?"

"집에서 학습지 해요?"

"온종일 애들이랑 뭐 해요?"

"애들 데리고 있으면 안 힘들어요?"

낮에 아이들과 길을 걸어가거나 놀이터에 있으면 자주 듣는
말이다. 학습지를 하거나 엄마표 놀이를 하는 것도 아니다. 그
저 함께 있으면서 밥 먹고, 자전거 타고, 산책하고, 노는 일상을
보낸다. 연년생 아들 둘, 거기다 어린이집도 안 가는 남자아이

둘. 그런 나를 안쓰럽게 보는 시선, 대놓고 많이 받았다. 딸이 없어서 안 됐다, 아들만 둘이라 딸 하나 더 낳아야겠다는 말도 무수히 들었다.

처음엔 나도 '딸 하나, 아들 하나였으면 좋았을 텐데……', '나도 딸이 있으면 좋을 텐데……'라고 생각했었다. 하지만 이런 생각도 시간이 지날수록 옅어져 갔다. 생명력 넘치는 두 아들 키우는 재미만으로도 충분했다.

친구를 만나거나 육아 강연, 글쓰기 수업을 들으러 갈 때면 몇 시간 떨어져 있게 된다. 아이 없이 혼자 어디 간다는 생각에 처음에는 들뜬다. 남편이 아이들과 있기에 '엄마 없이 잘 있을까?' 하는 걱정은 없다. 그런데도 일이 끝나면 집으로 돌아오기 바쁘다. 지나가는 엄마와 아이 모습만 봐도 가슴이 저릿하다.

"엄마 수업 듣고 저녁에 올게. 아빠랑 재밌게 놀고 있어."

현관문에서 인사하는 순간부터 아이들이 보고 싶다. 잘 도착했다고 전화하거나 이제 간다고 전화할 때면 수화기 너머로 선우, 윤우 목소리가 들린다.

"엄마, 언제 와?"

그 말에 더욱 발걸음을 재촉한다.

초등학생이 된 아이를 생각하면, 둥지를 떠나 훨훨 날아가는 새가 떠오른다. 그와 동시에 눈물샘은 고장이 난다. '이래서 학교는 보낼 수 있을까?' 지나가는 초등학생, 중학생, 고등학생을 보며 학교에 다니는 아이들 모습을 그려 본다.

선우가 아빠에게는 큰 블록을 주고 엄마에게는 작은 블록을 주기에 왜 그런 거냐 물었다.

"아빠는 엄~청 크잖아. 엄마는 작잖아."

'그러네. 언젠간 우리 집에서 내가 제일 작아지겠다. 아이들이 아빠보다 더 클 수도 있겠는데? 그땐 요 꼬맹이들이 얼마나 듬직해질까.' 아이의 말에 우리 집에서 가장 작아질 나를 상상해 본다.

"그 목소리로 아들 키우겠어? 하긴 아들 키우다 보면 목소리가 커지긴 해."

목소리가 작은 내게 이웃집 아주머니가 말했다.

'정말 아들 키운다고 목소리가 커질까? 목소리 안 커지고 아들을 키울 순 없을까?'

예외는 없었다. 화가 나거나 위험한 순간을 경고할 때 아이 이름을 부르는 내 목소리에 깜짝깜짝 놀란다. 나도 이런 발성이 가능했던가!

소리치지 않고 아들 키우는 엄마의 책을 읽으면 풀이 죽는다. '나도 우아하게 목소리 안 높이고 키우고 싶은데……' 하지만 현실은 고성이 난무한다. 그 뒤에 따라오는 좌절감과 무력감은 겪어 본 사람만 안다.

"넌 애들한테 소리 안 칠 거 같아."

그렇지 않다. 왜 나라고 소리치지 않고 '그래, 그래, 그랬구나.' 할 수 있겠는가. 쓰레기를 버리러 나왔다가 조용한 아파트 단지에 놀랐다. 밖이 이렇게 조용하면 평소에 내가 지르는 소리도 다 들리겠다 싶어 얼굴이 붉어진다.

깨달음을 얻기 위한 수행, 멀리 갈 필요가 없다. 아이가 있는 집이 곧 수행의 현장이다. 육아를 군대 혹은 수행의 시간이라 표현하기도 한다. 군대에 가지는 않았지만, 그 표현이 딱 맞다 여겨진다. 자꾸만 나를 내려놓게 된다. 더 내려놓으라고 한다. 자유롭던 아가씨 시절의 나, 힘들면 쉽게 기대고 싶어 하던 연약한 나를 내려놓으라 한다. 아이와 함께하는 일상에서 행복을 찾고 엄마가 되어 가는 시간. 그 시간 속에서 아이만 자라는 것이 아니었다.

진로를 고민하던 고등학생 때 사람들에게 도움이 되는 일, 내가 받아 온 사랑을 나눠 줄 수 있는 일을 생각했다. 그 고민의 답이 간호사였다. 간호사가 되어 일한 경험과 고민은 누군가에겐 힘이 되기도 하고 선택에 보탬이 되기도 했다. 엄마로 살아가고 있는 현재의 내 쓰임은 무엇일까? 결론은 육아였다. 사람들이 내게 듣고 싶어 하는 이야기도, 내가 도움을 줄 수 있는 이야기도 육아였다. 해 보지 않은 일에 걱정되고 두려울 땐 누군가의 경험이 큰 힘이 된다. 나도 누군가에게 작은 힘이 되고 싶다.

제2장

아들이란 말이지

내성적인 엄마의 아들 육아

내 성격은 왜 이럴까?

학창 시절, 성격 적는 난(欄)이 있을 때마다 내성적이라고 적었다. 사춘기였던 중학교 2학년. 비밀 일기장에는 '내 성격은 왜 이럴까?'로 도배되어 있었다. 사람들 중심에 서 있는 외향적인 친구들이 부러웠다. 주목받는 일이 떨렸다. 세 명 이상만 되어도 말할 때 긴장됐다. 발표하거나 앞에 나서는 일이 거의 없었다. 있는 듯 없는 듯 조용한 학생이었다. 힐러리 클린턴, 김미경 강사, 한비야 작가 같은 사람을 동경했다. 당당하게 자신의 주장을 펼치는 여성이 멋있었다.

나도 그들처럼 될 수 있지 않을까? 노력하면 되지 않을까? 책을 읽으며 용기를 내기도 했다. 고등학교 1학년 때 추천을 받아 선도부가 되었다. 하지만 등교 시간에, 선생님과 학교 앞에 서 있는 일조차 떨렸다. 다 나만 쳐다보는 것 같았다. 대학생 때는 교지 편집부 활동을 했다. 글 쓰고 교지만 만들면 되는 줄 알았다. 학교 행사 때마다 맨 앞에서 사진을 찍어야 하는 줄은 몰랐다. 지나서 생각해 보면 추억이지만 그 당시엔 얼굴이 화끈거려 숨고만 싶었다.

간호학과 학생일 때 환자의 사례를 두고 토론, 발표하는 조별 과제가 많았다. 나는 주로 자료 조사와 정리를 맡았다. 발표는 같은 조가 된 오빠들이 돌아가며 했다. 한번은 내가 조별 과제 발표자가 된 적이 있다. 준비하는 내내 떨렸다. 발표 당일엔 심장이 터지는 줄 알았다. 점심도 먹는 둥 마는 둥 했다. 마이크를 잡고 강단에 섰다. 발표를 이어 갈수록 눈이 마주치는 사람보다 책상과 닿을 듯 말 듯 한 머리가 더 많이 보였다. 내용만 준비할 것이 아니라 어떻게 전달할지도 공부했어야 했다.

같은 과 선배이자 교지 선배였던 남편은 나와 달랐다. 발표는 도맡아서 했다. 하는 발표마다 교수님과 학생 모두를 빵빵 터지게 했다고 한다. 항상 자신감 넘치는 선배가 멋있었다. 앞에 나서지 않는 나와 달리 늘 앞서서 일을 만들고 주도하는 사람이었다.

선우, 윤우가 나보다 아빠 성격을 더 닮았으면 했다. 내성적인 엄마를 닮아 아이들도 내성적일까 봐 내심 걱정이었다. 어떤 성격이 더 좋다고는 할 수 없지만, 이왕이면 외향적인 편이 낫지 않을까 생각했다. 내가 행동하는 대로 아이 성격이 만들어질까 봐 무서웠다. 밖에서 엄마 옆에만 붙어 있으려 할 때면 괜스레 내가 더 주눅 들었다.

아이는 크면서 시기마다 겪는 신체적, 언어적, 사회적 발달이 있다. 낯선 사람을 경계하고 수줍어하는 것도 지극히 정상적인 성장 발달 중 하나였다. 그걸 알고 나니 아이를 대하는 자세가 달라졌다. 있는 그대로의 모습을 받아들이고 기다려 줄 수 있었다.

선우는 네 살 때까지 자기 마음대로 안 되면 소리를 꽥 지르며 울었다. 주로 원하는 것을 못 하게 했을 때나 가지고 있던 물건을 뺏겼을 때 그랬다. 어른들이 함께 있는 자리일 땐 당황스러웠다. 그래도 우리 부부는 혼내기보다 아이가 왜 그러는지 알아보고 이해하려 했다. '이러다 떼쟁이가 되면 어떡하지? 자기 마음대로 하려는 고집쟁이가 되면 어떡하지?' 불안하기도 했다.

"지금 이렇게 떼쓰고 운다고 해서 커서도 그러는 건 아니에요. 지금은 미숙해서 표현을 그렇게 하는 것뿐이에요. 궁금하고 신기한 것투성인데 못 하게 하면 얼마나 짜증이 나겠어요?"

육아서에 나와 있는 아이의 발달 시기와 책 속 선배 엄마들의 조언을 믿기로 했다.

선우가 온 힘을 다해 내지르는 소리에 귀가 먹먹해졌다. 왜 그러는지 묻고 선우 마음에 공감해 줬을 때 훨씬 빨리 진정됐다. 매번 이러면 얼마나 좋을까.

"소리 지르지 말고 말로 해!"

때론, 나도 같이 소리를 지른다. 아이와 똑같이 행동해 버린다.

"엄마가 큰 소리로 화내니까 내 마음이 안 좋았어."

소리 지르고 울던 아이가 지금은 자신의 기분을 잘 표현한다. 다른 이의 마음도 헤아릴 줄 아는 사람이 되었다. 부모가 아이의 마음을 인정하고 받아 주니 아이도 자신이 받은 대로 행동했다. 남을 배려하고 공감하는 사람으로 컸다.

동생이 다쳐서 피가 날 땐 엄마보다 더 침착하게 '괜찮아, 괜찮아.' 다독일 줄도 안다.

첫아이를 낳기 전, 친정엄마는 산후조리원 동기 이야기를 했다. 육아 정보도 공유하고 아이도 엄마도 서로 친구가 될 수 있다고, 옆집 아주머니의 딸도, 사촌 언니도 그러더라고 말이다. 동네 엄마 사귀는 재미, 커피 마시는 재미도 있다고 덧붙였다. 엄마뿐만이 아니었다. 주위 사람들, 맘 카페, 육아 방송에서도 조리원 동기 이야기가 나왔다.

아이를 낳기도 전에 부담감이 생겼다. 산후조리원에서 꼭 친구를 사귀어야만 할까? 결론적으로 말하자면 나는 조리원 동기가 없다. 첫째, 둘째를 낳고 조리원에서 2주씩 있었지만, 동기도 없고 알고 지내는 동네 엄마도 없다.

육아 정보는 인터넷과 책만으로도 넘쳐난다. 사람을 만나면 에너지를 얻기도 하지만 내 에너지 소비도 컸다. 여러 사람과 밖에서 어울리는 것보다 집에 있는 게 편했다. 전형적인 '집순이'다. 아이 보기만도 벅차다. 외출이라도 하고 오는 날이면 녹초가 된다. 몸이 피곤하니 예민해진다. 그 불똥이 아이들에게 간다. 사람 만난다고 나갔다가 괜히 애꿎은 애들만 잡는 것 같아 미안했다. 외출하며 에너지를 쓰는 대신 아이들 보는 데 내 힘을 쓰기로 했다. 남는 시간엔 책을 보거나 영화를 보며 에너지를 충전한다.

"온종일 아이들이랑만 지내려면 심심하지 않아?"

심심할 때도 있다. 하지만 심심한 것보다 마음 편한 게 낫다. 누군가와의 약속에 얽매일 필요도 없고 시간 맞춰 어딜 가야 한다는 심적 부담도 없다. 아이를 낳고 키우면서 오히려 더 자유롭고 편안해졌다. 내 마음이 편하니, 아이한테도 너그러워진다.

학창 시절엔 내성적인 성격이 싫어서 바꾸고도 싶었다. 하지만 시간이 지날수록 나의 한 부분으로 받아들이게 되었다. 예전엔 '외향적인 사람이 성공한다.'라는 인식이 많았다. 지금은 내향성의 강점도 주목받는 시대다. 내성적인 사람에 관한 책도 눈에 띄게 많아졌다. 학창 시절에 이 책을 읽었더라면 얼마나 좋았을까 하는 책도 많다. 그중 하나가 남인숙 작가의 《사실, 내성적인 사람입니다》(21세기북스, 2019)이다. 책 한 권이 내 마음을 통째로 꿰뚫어 보고 있는 것 같았다. 아리송했던 감정을 글로 읽으니 가려운 곳 긁어 주듯 시원했다.

결혼 후 가장 편한 인간관계는 남편이 되었다. 아이들과의 일상을 귀 기울여 듣고, 아이를 키우며 느끼는 감정도 잘 이해해 주었다. 남편과 아이들에 관한 이야기를 많이 나눈다. 책을 읽다가 와닿는 부분은 공유한다.

"모든 아이는 하얀 백지상태로 태어나는 것이 아닙니다. 저마다 옅은 밑그림이 그려져 있습니다."

남자아이들만 가르치는 〈자라다 남아 미술연구소〉의 최민준 소장의 말이다. 이 말을 들었을 때 얼마나 안도했는지 모른다. 아이는 주무르는 대로 만들어진다는 사고방식이 오히려 더 위험하다고 한다. '아이 성향을 억지로 만드는 과정에서 더 많은 갈등이 일어나고 아이들이 상처를 받는다.'라는 글에 밑줄 그었다. 아이는 저마다의 성향을 지니고 태어나기 때문에 엄마가 내향적이라고 해서 아이도 내향적인 건 아니었다. 아이 기질이 외향적이면 친구 관계에서 그 기질이 드러난다고 했다.

선우와 윤우는 배 속에 있을 때부터 달랐다. 선우 땐 딸기를, 윤우 땐 고기를 많이 먹고 싶었다. 한밤중에 24시 돼지국밥집에 자주 갔다. 굳이 찾아서까지 먹지 않던 고기였는데 입맛이 변했다.

형제는 외모도 다르고 성격도 다르다. 머릿결도 '참 머리(일자 모양의 생머리)'와 '뻗친 머리'로 다르다. 좋아하는 것, 좋아하는 활동도 다르다. 아이가 커 갈수록 관찰하는 재미가 크다. '둘이 어쩜 이렇게 다를까! 앞으로 어떤 모습으로 자랄까?' 내향적이면 내향적인 대로, 외향적이면 외향적인 대로 그 자체로 좋다. 성

격보다는 자신을 있는 그대로 받아들이고 사랑할 줄 아는 아이
가 되었으면 한다.

아들을 잘 키운다는 건

여섯 살 때 119가 출동했다. 엄마가 슈퍼에서 물건을 사는 동안 남동생과 밖에서 뽑기 기계를 구경했다. 각각 200원, 500원, 1,000원을 넣는 기계가 있었다. 그중 요요가 나오는 뽑기 구멍에 동생이 손을 집어넣었다.

하지 말라는 내 말에도, 동생은 닿을 듯 닿지 않는 뽑기에 자꾸만 손을 넣었다. 다른 뽑기를 구경하고 있을 때였다. 갑자기 으아앙 하는 울음소리가 들렸다. 동생 손이 끼었다. 그때 엄마가 슈퍼에서 나왔다. 잠시 뒤 소방관들이 오고 사람들이 그 주위를 에워쌌다. 나는 그 틈에 멀찍이 서 있었다. 어린 마음에도 사람들의 시선이 쏠리는 게 창피했다.

한번은 사이다병에 든 시너(thinner)를 입에 대서 병원에 실려 간 적도 있다. 동생이 기어 다닐 때였다고 한다. IMF로 부도가 나기 전까지 아빠는 특수강 제조 회사에 다니셨다. 집에서 나무와 쇠로 선반이나 탁자, 의자를 만드는 것이 취미였다. 베란다에서 뚝딱뚝딱 무언가를 만들어 내는 아빠를 옆에서 구경하곤 했다. 그런데 아빠가 사이다병에 시너를 넣어 두고 치우는 것을 깜빡했다. 베란다로 기어나간 동생이 사이다병에 입을 갖다 댔다. 이 모습을 엄마가 빨리 목격하지 않았더라면 어떻게 됐을까? 조금만 늦었어도, 조금만 양이 많았어도 큰일 날 뻔했다. 상상만 해도 아찔하다.

엄마는 나를 키울 때보다 남동생을 키울 때가 더 힘들었다고 한다. 별 탈 없이 자란 나와 달리 동생은 사건 사고가 잦았다. 자가용이 없던 시절, 한밤중에 열 경기를 일으켜 병원에 가지도 못하고 용한 할머니 집을 찾아 문을 두드리기도 했다. 동생과 관련된 몇 개의 이야기만 들어도 가슴을 쓸어내린다. 이제 열두 살 되는 조카도 어릴 적 그랬다. 놀다가 발목, 팔, 손가락에 금이 가는 것은 예사고 남의 집 창문을 깨트려 창문값을 물어 주기도 했다.

아이들이 노는 모습을 보면 다칠까 봐 늘 조마조마하다. 넘어져서 피 나는 것만 봐도 덜덜거린다. 첫째는 뛰어가다가 세게 넘어져 턱에 흉터가 남아 있다. 둘째는 집 앞 계단에서 이마를 찧어 흉터가 있다. 집 밖뿐만 아니라 집 안에서도 마찬가지다. 문턱에 머리를 찧고 아슬아슬하게 눈가 옆을 다치기도 한다.

찢어지지는 않았을까? 이는 괜찮을까? 병원 가서 꿰매야 하나? 상처를 마주하기가 겁난다. '어떡해, 어떡해.' 하는 나와 달리 남편은 침착하다. 일말의 동요도 없이 상처 부위를 살핀다. 아이는 아프다고 엉엉 우는데 남편은 괜찮다며, 안 울어도 된다고 말한다. 아무렇지 않게 '괜찮다'라고 말하는 소리에 아이는 차츰 진정되어 간다. 문제는 사고가 대부분 나 혼자 있을 때 일어난다는 점이다. 구급대원인 남편은 가끔 내게 묻는다. 아이에게 응급 상황이 생기면 어떻게 대처할지. 당황스러움에 어쩔 줄 몰라 하는 내 모습만 떠오른다.

"119에 신고해야지."

명색이 간호사였던 엄마인데 답변이 다소 민망하다.

아이를 키워 본 여러 사람의 말에 의하면, 아들을 키운다는 것은 크고 작은 사고를 전제로 하는 일이었다.

첫아이가 8개월 될 때다. 아이가 잘 때 스마트폰으로 지역

맘 카페에 들어가 봤다. 우리 지역에 오기로 한 육아 강사의 강연 이야기가 많았다. '도대체 이 사람이 누구지?' 그날 궁금한 마음에 책을 주문해 읽었다. 그전까지만 해도 아이를 어떻게 키워야겠다는 생각이 없었다. '그저 건강하게만, 착하게만 커 다오.' 하는 마음이었다. 그런데 책에서 '낳았으면 잘 키워야지!' 하는 저자의 일침에 정신이 번쩍 들었다. '그래. 낳았으면 잘 키워야지! 그런데 어떻게?' 하는 마음이 시작이었다. 아이를 키운다는 것이 먹이고 입히고 공부시키는 것만이 다가 아니었다. 한 생명을 온전한 사람으로 키워 내는 것이 굉장히 중요한 일이었음을 깨달았다.

아이는 그냥 키우는 게 아니었다. 육아에도 공부가 필요했다. 새로 산 물건도 설명서를 읽어 보고, 동물도 키우는 법을 찾아본다. 그런데 그보다 훨씬 중요한 아이 키우는 일에는 왜 공부해야 한다고 생각하지 않았을까? 그 한 권의 책이 시작이었다. 여러 육아서를 읽으면서 우리 집만의 육아관을 만들어 나가기 시작했다. 때가 되면 어린이집에 보내는 것이라는 당연함에 대해서도 다시 한번 생각했다. '때 되면 ~ 하더라.', '몇 살에는 ~ 해야 한다더라.' 하는 주위의 말이 아니라 '왜 해야 하는지'를 생각했다.

아이들은 자기 직전, 온몸으로 에너지를 발산한다. 작은 일에도 짜증을 내고 떼를 쓴다. 잠투정이다. 조금 뒤 상황이 그려진다. 그렇게 고집을 부리고 울다가 어느 순간 '레드 선!' 한 듯이 기절해 버린다. 자고 일어나면 다시 에너지 충전이다. 거기다 밥까지 먹으면 100% 완충된다. 이땐 넘치는 에너지를 어쩌지 못해 괴성을 지르며 뛰어다닌다. 물건을 던지기도 한다. 그 모습에 잠깐 넋 놓고 있으면 집이 엉망이 되는 것은 순식간이다.

나는 움직이는 것을 좋아하지 않는다. 걷고 뛰는 운동처럼 활동적인 것보단 책 읽고 글 쓰고 영화 보는 정적인 활동이 좋다. 나와 달리 아이들은 밖으로 나가기만 해도 좋아한다. 가는 곳마다 신기한 것투성이다. 길 가다가도 풀, 나무 막대기, 돌멩이를 줍는다. 호주머니에 주섬주섬 담아 집에 가져오기도 한다. 개미 관찰하는 것을 좋아하고 자동차, 비행기, 기차와 같은 '탈것'을 좋아한다. 매일 킥보드나 자전거를 타러 나간다. 함께 외출했다가 돌아오면 드러눕기 일보 직전이다. 육아에 체력이 필수 조건임을 알면서도 그게 잘 안된다. 피곤하면 안 내도 될 짜증을 내게 되고 모든 게 귀찮아진다. 아이는 잘못이 없다. 체력관리 못 한 내 잘못이다. 활동적인 아이를 따라가려면 엄마가 바뀔 수밖에 없었다.

훌륭한 어른으로 성장한 사람 뒤엔 늘 훌륭한 양육자가 있었다. 결국 아이가 잘 자라려면 그 아이를 키우는 주 양육자가 바로 서야 했다. 말투, 행동, 표정까지 따라 하는 아이를 볼 때면 무섭다.

'아. 내가 저런 말을 썼었나?'

'말투가 나랑 너무 비슷한데……'

사람들이 빨간불을 무시하고 건너는 짧은 길도 그럴 수가 없다. 양손에 아이들 손을 잡고 빨간불이 초록불 되기를 기다린다. 언제 어디서나 아이들에게 부끄럽지 않은 어른이 되어야겠다고 생각한다. '잘 자란 아이' 곁에 '함께 잘 자란 엄마'로 있고 싶다. 몸은 안 따라 주는데 마음은 벌써 저만치 앞서 있다. 그러다 제풀에 지친다. 이런 나를 보면서 하고 싶은 일도 건강과 체력이 뒷받침되어야 함을 느낀다.

'그래서 더 많이 뛰어놀게 하라는 거구나!'

아이도 그렇다. 많이 뛰어노는 아이가 건강하고 체력이 좋다. 그리고 나중에 그런 아이들이 뒷심을 발휘한다고 한다.

살짝 피곤해지고 예민해진다 싶으면 스스로 경고등을 켠다. '지금 조금 위험해! 무리하지 말고 쉬어 가면서 해.' 체력 보충을 위해 쪽잠을 자거나 집중이 안 되면 다 덮어 둔다. 지금 중요한 것이 무엇인지 되돌아본다. 내가 하고 싶어 하는 일도 중요하지만, 그로 인해 아이들에게 괜한 불똥이 튀지 않게 하려고 한다. 엄마의 말 한마디, 표정 하나하나가 아이에게는 큰 의미가 된다.

아이를 잘 키운다는 것은 무엇일까? 아들을 잘 키운다는 것은 또 무엇일까? 자존감이 높은 아이, 누구보다 자기 자신을 사랑할 줄 아는 아이로 크길 바란다. 그러려면 엄마인 나부터 자신을 사랑하고 아낄 줄 알아야 한다.

훌륭한 엄마면 더 좋겠지만, 조금 부족하더라도 아이에게 필요한 건 엄마의 따뜻한 말과 시선이 아닐까. 그 따뜻함 속에서 아이도 '자존감 높고 주위를 배려할 줄 아는 아이'로 자랄 거라 믿는다.

못난 엄마 잘난 아들

한때 꼬박꼬박 챙겨 보던 방송 중 〈영재 발굴단〉이라는 프로그램이 있었다. 특정 분야에 천재성을 띠는 아이의 일상을 관찰한다. 아이를 낳기 전까지는 싫어하던 종류의 프로그램이었다. 일반 사람인 나는 도저히 도달할 수 없을 것 같은 천재와 영재의 세계. 은근한 좌절감이 있었다.

그러다 〈영재 발굴단〉을 챙겨 보게 된 계기가 있다. 화학 천재로 여덟 살 아이가 나왔다. 아이는 118개의 원소의 성질과 주기율표까지 다 외우고 있었다. 화학을 사랑하는 아이도 놀라웠지만, 부모의 양육 태도가 더 인상 깊었다. 귀가 잘 들리지 않는 청각 장애를 안고 있는 부모였다. 아이의 입 모양을 보며 소통하고, 어렴풋이 들리는 소리로 말을 했다. 아이가 화학을 공부하다 알게 된 사실을 엄마에게 설명하는 모습이 나왔다. 엄마는 아이의 눈과 입을 보며 온몸으로 들었다. 30분이 넘도록 오롯이 아이만 바라봤다. 아빠는 퇴근하자마자 아이 곁에 앉아 가만히 지켜봐 주었다. 잘 들리지 않기에 들어 주는 것밖에 할 수 없었다는 부모의 말에 숙연해졌다. 상위 1%의 아이 곁에는 상위 0.1%의 양육 태도를 보인 부모가 있었다.

아이에게 미안함을 채워 주려고 최선을 다해 노력했던 것이 결국 아이를 성장하게 하는 최고의 방법이었다. TV 속 아이는 '억지로 하는 공부'가 아닌 '즐거워서 하는 공부'를 했다. 새롭게 알게 된 것을 부모에게 설명해 주면서 재미와 깊이를 더해 갔다.

"잠깐만, 엄마 이것만 하고."

엄마에게는 잠깐인 순간이 아이에겐 잠깐이 아니다. 계속 봐 달라고, 같이 놀자고 조를 때면 마지못해 일어서거나 짜증을 내게 된다. '이게 아닌데……. 그거 한 번 봐주는 게 뭐라고……. 잠깐 같이해 주는 게 뭐라고…….' 아이 말을 온전히 들어 준다는 것이 얼마나 어려운 일인지 안다. 하던 일 제쳐 두고 아이 말에 집중하기, 아이가 하자고 하는 일 함께하기. 노력하고 있지만 잘 안될 때가 많다.

모든 아이는 천재로 태어난다고 하는데 그 천재성을 키워 주는 것은 부모였다. 나는 늦었지만, 아직 어린 우리 아이에겐 희망이 있었다. 아이가 가진 천재성을 잘 키워 내고 싶단 생각에 〈영재 발굴단〉을 챙겨 보기 시작했다. 아이의 환경과 부모의 양육 태도를 유심히 관찰했다. 남편과 함께 보며 우리의 모습은 어떤지, 어떤 환경에서 어떻게 아이를 키울지 대화를 많이 나눴다. 〈영재 발굴단〉에 나오는 아이들은 연령대, 성별, 분야, 환경도 모두 달랐다. 그 속에서 발견한 공통점은 '책을 가까이하는 아이'와 '기다려 주고 지켜봐 주는 부모'였다. 다른 건 몰라도 어릴 때 책 읽는 습관만큼은 꼭 들여 주고 싶었다. 책이 자연스럽게 스며들려면, 아이 가까이에 늘 책이 있어야 했다. 아이 전집은 대부분 깨끗한 중고로 구매한다. 물려받기도 하고 분리수거함에서 주워 오기도 한다. 서점에 가면 아이가 원하는 책을 한 권씩 사 준다.

"집에 무슨 책이 이렇게 많아? 너무 많은 거 아니야?"

하는 말을 듣기도 했다. 하지만 책을 좋아하는 아이로 커 가는 모습을 보면서 책은 역시 옳다는 확신이 들었다.

그런데 어느 순간, 이 프로그램을 보고 난 후 이상한 기대 심리가 생겼다. '우리 애보다 어린데 한글도 읽고 영어, 중국어도 술술 하네? 선우는 언제쯤 한글을 읽을 수 있을까?' 그런 다음 내 아이를 보면 '선우가 느린 편인가?' 안 하던 걱정을 한다. '아냐. 내가 이런 생각 하려고 〈영재 발굴단〉을 보는 건 아니잖아. 남의 아이 보지 말고 내 아이만 보자. 이렇게 비교하려거든 차라리 보지 말자!'

'어떻게 하면 좀 더 잘 키울 수 있을까? 좋은 부모가 될 수 있을까?' 하는 마음으로 보던 것이, 나도 모르게 비교하는 마음으로 바뀌고 있었다. 일주일에 한 편씩 기다리며 챙겨 보던 프로그램을 더 이상 보지 않았다. '공부, 공부'하지 말자 해 놓고는 언제 이런 마음이 생겨 버렸을까? 공부 못했던 엄마가 내 아이만큼은 공부 잘하는 아이로 키우고 싶다는 것과 무엇이 다를까? 내가 이루지 못한 것에 대한 기대를 아이에게 품었다. 머리와 마음이 각자 다른 길을 가고 있었다.

"이거 다 안 치울래? 엄마가 갖고 놀았어? 너희가 가지고 논 거잖아! 다 갖다 버릴까?"

어질러진 집을 치우다가 결국 폭발하고 말았다. 세 시간 동안 치웠는데 3분 만에 다시 어질러졌다. 밑 빠진 독에 물 붓는 심정이다. 아이들이 재밌게 놀 때는 내버려 두다가도 치울 생각을 하면 아득해진다. 아이들과 으쌰으쌰하며 치울 때도 있다.

대부분 조금 치우다 도망 다니며 장난을 친다. 그런 모습에 화가 나 소리친다. 가지고 논 사람은 따로 있는데 치우는 건 왜 매번 엄마냐고 아이들에게 하소연한다. 잔뜩 찡그린 엄마 모습에 아이들은 눈치를 본다. 어떤 날은 감정을 주체하지 못하고 쏟아 내는 날도 있다. 방문을 꽝 닫고 들어갔다. 침대에 이불을 덮고 누워 버렸다. 선우가 울음을 터뜨린다. 화를 내는 그 순간에도 머릿속에선 나를 말린다. '그만해, 진정해, 네 화를 아이들한테 풀지 마.' 생각과는 다른 말과 행동에 마음이 무거워진다.

"엄마, 미안해."

울며 다가오는 아이를 안았다. '나 못났다. 정말.' 조금 전 내 모습에 후회가 밀려온다. 어질러진 집과 장난감, 치우지 않는 아이들이 문제가 아니었다. 이번에도 문제는 내게 있었다. 장난감 없는 집을 지향했지만 물려받고 조금씩 사 주면서 많아졌다. 네 살, 다섯 살인 아이들이 청소 안 하고 장난치는 것은 당연했다. 그런 아이들을 받아 줄 내 마음의 여유가 부족했을 뿐이다.

'왜 이렇게 예민해져 있고 화가 나는 걸까?' 생각해 보니 밥을 제대로 먹지 않았다. 챙겨 먹기 귀찮아서, 입맛이 없어서 대충 끼니를 때우거나 굶었다. 그런 날엔 신경이 더 곤두선다. 거기다 집까지 어질러져 있으니 정신이 없다. 그 어지러운 마음이 나보다 약한 존재인 아이들에게 간다. 이 악순환의 고리를 끊는 것은 제때 밥을 잘 챙겨 먹고 잘 자는 것이었다. 몸이 피곤하지 않으면 마음도 한결 너그러워진다. '물을 쏟아도 괜찮아. 우유를 쏟아도 괜찮아. 어질러지면 치우면 되지. 괜찮아, 괜찮아.'가 된다.

"어서 챙기자! 안 갈 거야? 엄마는 안 가고 싶어! 안 가도 돼?"

외출하려는데 아이들이 옷도 안 입고 신발도 안 신는다. 장난만 친다. 그 모습에 몇 번 참다가 소리치고 말았다. 아이들과 멀리 외출하려면 씻기고 옷 입히는 것 외에도 챙겨야 할 게 많다. 기저귀와 물티슈, 갈아입힐 옷, 아이들 간식과 마실 것. 준비하는 과정에서부터 체력을 소진해 버린다. 아이들과 재밌게 놀려고 나가는 건데 나가기 전부터 짜증을 내다니… 이럴 거면 뭐 하러 나가나 싶다. 또다시 못난 엄마라는 괴로움이 밀려온다. 시종일관 웃고 상냥한 엄마는 책 속에만 존재할 뿐일까? 이러다 아이들 기억 속에 '짜증쟁이' 엄마로 남으면 어쩌지? 아이들이 좀 더 크면 나아질까?

이런 걱정보다 자신을 부족하고 못났다고 생각하는 엄마 마음이 더 문제였다. 〈영재 발굴단〉도 좋은 부모가 되기 위해 챙겨 보던 프로그램이었다. 언젠가부터 아이에 대한 은근한 기대감이 생겨 버렸다. 뛰어난 아이와 내 아이를 비교하지 않을 자신이 없다면 안 보는 게 나았다.

아이를 너무 잘 키우려는 욕심을 내려놓았다. 천재, 영재 하는 단어에 연연하지 않기로 했다. 밝고 건강하게만 커 주어도 감사하다. 책 보는 아이 모습도 예쁘지만, 존재 그 자체만으로도 충분하다.

못난 엄마가 아들만 잘나게 키울 수는 없다. 그렇다고 엄마가 잘나야 아들을 잘 키울 수 있는 것도 아니다. 아이를 키워 가는 과정에서 못난 엄마가 좀 더 나은 엄마가 되어 간다.

우리 아들 심리 백과

18개월 차이로 태어난 형제지만 여러 부분에서 다르다.

둘째 윤우가 발이 크다는 것을 신생아 땐 몰랐다. 잠투정할 때면 발 마사지를 하며 재웠다. 그때 알았다. 오동통한 발이 한 손에 꽉 잡히는 느낌이 예사롭지 않다는걸. 부종 아니냐고 남편과 의심했을 정도다. 〈반지의 제왕〉에 나오는 호빗족이 떠오른다. 아이들의 첫 장화를 사러 간 날이었다. 한 치수 큰 걸 신겨 보는데 발볼에서 걸렸다. 결국, 두 치수나 크게 샀다.

큰 손과 발을 보면서 동생이 형보다 클 것 같다는 말을 많이 듣는다. 밖에 나가도 비슷한 키를 보며 쌍둥이냐고 먼저 묻곤 한다. 벗은 몸을 보면 둘 다 살이 없고 호리호리하다. 체격 차이인지 옷만 입으면 마른 형과 통통한 동생이 된다. 먹성도 윤우가 좋은 편이다. 만두를 쪄 주면 선우는 만두피를, 윤우는 만두소를 좋아한다. 밥을 먹을 때 천천히 깔끔하게 먹는 선우와 달리 윤우는 이것저것 섞고 단번에 먹는다.

행동을 보면 더 뚜렷한 차이를 느낀다. 선우는 물건에 대한 애착이 크다. 새것보다는 자기가 쓰던 물건을 아끼고 잘 챙긴다. 잃어버리거나 없어지면 속상해하고 엉엉 운다. 함께 킥보드를 타러 나가도 동생이 힘들다고 길에 놔두고 오는 것까지 챙긴다. 윤우는 장난감이 부러지거나 잃어버려도 잠깐 울거나 아무렇지 않아 한다.

아이들이 네 살, 다섯 살일 때다. 시장 안, 신발가게 앞을 지나는데 윤우가 로봇 캐릭터가 그려진 운동화를 잡았다. 운동화는 많이 있어서 안 된다고 지나갔다. 그런데 그 가게 앞을 지나갈 때마다 윤우가 똑같은 신발을 잡았다. 마침 샌들이 없어서 한 켤레 사 줘야지, 생각하고 있을 때였다. 운동화 대신 샌들을 사자고 했더니 "좋아! 좋아!" 외치며 폴짝폴짝 뛴다. 의자에 앉아 새 신을 신어 보는 아이의 얼굴을 봤다. 함박웃음을 띠고 발을 앞뒤로 흔든다. 공룡 신발을 샀다고 보는 사람마다 자랑한다. 신발가게 아주머니는 동생만 사 주면 형이 서운해하는 거 아니냐고 했다. 선우를 보니 서운한 기색이 하나도 없었다. 그래도 물어봤다.

"선우야, 윤우만 새 신 사도 괜찮겠어?"

"응! 괜찮아!"

더운 여름날 샌들을 신겨서 밖으로 나갔다. 밖에서 보니 선우의 샌들 밑창이 다 떨어져 있었다. 다른 신발을 신기러 다시 집으로 왔다. 여름이라 샌들을 신기고 싶었는데 운동화밖에 없었다.

그때 윤우가 처음 보는 운동화를 신고 있는 형을 봤다.

"윤우도 이거 신을래!"

커서 안 된다는 말에 떼를 쓰기 시작했다. 겨우겨우 달래서 다른 운동화로 바꿔 신겼다. 그래도 미련이 남는지 형 신발이 신고 싶다고 한다.

"윤우야, 조금 더 작아지면 줄게."

형의 말에 그제야 떼쓰기를 멈췄다.

큰형님네 놀러 갔다가 새 카시트를 얻었다. 주니어용이라 선우 카시트로 쓰기로 했다. '윤우가 보면 하고 싶다고 할 텐데 어쩌지…….' 걱정이 되었다. 다음 날, 외출하려고 차에 탔다가 새 카시트를 발견한 윤우! 아니나 다를까 형의 새 카시트를 보고 고집을 부린다.

"윤우도 여기 타고 싶어! 이거 싫어!"

자기 자리에는 앉지도 않고 형 자리에서 일어날 생각을 안 한다. 윤우 것도 바꿔 주려고 알아보고 있다는 말에 겨우 진정되었다. 그날만 그렇게 고집을 부렸다. 잊어버린 건지 관심이 사라진 건지 그 이후로는 카시트에 대한 아무런 말이 없었다. 반면 선우를 보면 새로운 물건에 대한 큰 욕심이 없다. 형이라고 무조건 동생에게 양보하라고 하기 싫어서 항상 물어본다.

"이거 윤우 줘도 돼? 주기 싫으면 지금 안 줘도 돼. 나중에 선우가 주고 싶을 때 줘."

지금 당장은 주기 싫어도 잠시 가지고 있다가 동생에게 준다. 같은 나이대라도 동생이 있는 아이들은 더 의젓해 보인다. 선우도 그렇다. 부모가 말하지 않아도 스스로 형이 되어 간다.

크리스마스 선물에서도 두 아이는 다르다.

"선우, 윤우야. 이번 크리스마스에 산타 할아버지에게 어떤 선물 받고 싶어?"

"나는 작은 자동차 여러 개 있는 거!"

"나는 엄청 큰 포클레인 하나!"

소방차, 구급차를 좋아하는 선우와 포클레인, 기중기를 좋아하는 윤우. 창밖을 내다볼 때도 자동차 종류별로 환호도가 다르다.

"윤우는 공사장에 데려가면 엄청 좋아하겠네!"

이렇게 말할 정도로 포클레인 같은 중장비를 좋아한다. 거기다 큰 것을 좋아한다. 과일을 내놓을 때도 큰 것을 먼저 집어 든다. 아니면 양손에 하나씩 집어 들거나. 똑같은 아이스크림을 먹어도 금세 다 먹었다며 막대기를 건넨다. 선우는 얼마나 남았나 보면 3분의 1밖에 먹지 않았다.

아이들이 보는 영어 DVD 중에서 〈맥스 앤 루비〉가 있다. 누나 토끼와 남동생 토끼가 주인공이다. 누나는 개구쟁이 남동생을 화 한 번 내지 않고 타이른다. 누나인 루비를 보면서 '저런 엄마가 되어야 할 텐데……'라고 생각한다. 선우와 윤우를 보고 있으면 루비와 맥스 같다. 선우가 다섯 살일 때 티격태격 싸우다가 동생을 꼬집고 때린 적이 있었다. 정성 들여 쌓은 블록을 무너뜨리거나 자신의 물건을 말없이 가져가 버리면 방방 뛰었다. 화를 내는 형을 보며 동생은 자꾸만 장난을 건다. '나 같아도 한 대 때리고 싶겠다.' 생각이 들 정도로 약을 올린다. 한번은 둘이 놀다가 윤우가 울면서 왔다.

"하야(형아)가 때려쩌."

"엄마, 윤우가 내가 쌓은 블록 계속 무너뜨렸어!"

"윤우! 형아 블록 쌓은 거 무너뜨렸어? 그럼 안 되지. 형이 싫어하는 건 하면 안 돼. 선우야, 선우도 윤우가 너 싫어하는 일 했다고 해서 그렇게 때리면 안 되는 거야. 때리는 건 나빠. 다음엔 하지 말라고, 싫다고 잘 타일러 봐. 그래도 안 되면 엄마, 아빠한테 얘기해 줘."

때린 행동만 보면 잘못한 행동이다. 하지만 동생을 때리기까지 선우가 참았을 시간이 보였다. 하루에도 수십 번 엄마의 한계를 넘나드는 윤우다. 아직 어린 선우는 오죽할까.

선우보다 윤우는 통증이나 감정에 조금 무딘 편이다. 넘어져도 툭툭 털고 일어선다. 명절이나 제사 때도 낯가림이 크게 없다. 그런 윤우를 보며 순하다고, 형보다 성격이 더 좋을 것 같다고 말한다. 선우는 낯선 장소에 가거나 낯선 사람들이 많은 곳에 가면 예민해진다.

겉으로 보이는 행동만으로 아이가 어떻다고 단편적으로 말할 수는 없다. 아이의 참모습을 아는 건 부모다. 선우는 그림 그리기, 색칠하기, 가위로 오리기, 스티커 붙이기, 퍼즐 맞추기를 좋아한다. 윤우는 아빠의 공구와 총을 더 좋아한다. 외모만큼이나 성향, 기질도 다른 형제다.

아이가 무엇을 좋아하는지 어떻게 하루를 보내는지 관찰하다 보면 아이만의 고유한 색깔이 보인다. 두 아이가 가진 색깔을 잘 살리고 보듬으면서 키우고 싶다. 아이의 심리 상태가 어떤지 궁금하고 아이 마음에 관해 배우고 싶어서 육아서를 계속 찾아본다. 내 아이를 가장 잘 아는 사람은 엄마지만, 그리기 위해서는 엄마도 꾸준한 공부가 필요하다.

나는 아들을 잘 몰랐다

내가 여섯 살 때, 외숙모가 사준 미미 인형이 있었다. 책상 서랍 한 칸을 인형 집으로 꾸몄다. 여자 인형과 남자 인형, 아기 인형까지 한 가족이 살았다. 방을 빼게 된 것은 초등학교 3학년 때다. 우리 집에 놀러 온 사촌 동생이 가지고 놀다가 인형 목이 부러졌다.

부러지지만 않았다면 더 오래 인형 놀이를 했을지도 모른다. 어릴 적 앨범을 봐도 인형을 안고 있는 사진이 많다. 일곱 살 크리스마스이브 날, 소원을 빌었다.

"산타 할아버지, 예쁜 인형 옷을 선물로 받고 싶어요!"

생각날 때마다 빌었다. 크리스마스 날 아침 눈을 떴다. 베개 옆에 놓인 선물을 보고 온종일 행복해했다. 산타가 엄마인 줄은 꿈에도 몰랐다.

유치원에 갈 때는 원피스를 입고 빨강, 분홍 구두를 신었다. 지금도 가장 좋아하는 색깔이 분홍색이다. 초등학교 졸업 후에는 여중, 여고를 다녔다. 대학교도 여자가 많은 간호학과에 갔다. 내가 대학생이 된 10년 전에는 간호사는 여성 직업이라는 인식이 강했다. 남자 간호사란 인식이 보편화되기 전이었다. 다른 학교 간호학과에는 남학생이 전교에 한두 명 정도만 있을 때 우리 학교에는 몇십 명이나 있었다. 남자와 이야기한다는 것이 처음엔 낯설고 어려웠다. 한 학기 동안 같이 수업을 듣고 과제도 하면서 조금씩 친해지고 편해졌다.

그러다 한 학년 선배이자 교지 선배인 남편을 만났다. 사귄지 얼마 안 되어 서로를 알아 가는 과정에서 많이 다퉜다. 그럴 때 남자의 심리에 대해 편하게 물을 수 있는 남사친(남자 사람 친구)이 없다는 게 아쉬웠다. 싸우면 모든 연락을 끊고 잠을 잤다. 한숨 자고 일어나면 화가 났던 마음도 가라앉고 내가 잘못한 행동도 객관적으로 보였다. 그동안 연락이 끊겨 답답했던 남자 친구는 더 화가 났다. 빨리 만나서 오해를 풀고 해결하고 싶어 했다.

우리가 싸웠던 이유를 보면 대부분 비슷했다. 나는 말하지 않아도 알아주길 바랐다. 그걸 모를 때 서운함이 쌓였다. 쌓이고 쌓이다 보면 별것 아닌 일을 계기로 터져 버린다. 싸운 후 대화해 보면 남자 친구는 내 마음이 어떤지 몰랐던 경우가 대부분이었다. 감정을 표현하고 해소하는 데 서툴렀다. 남자 친구가 건네준 《화성에서 온 남자, 금성에서 온 여자》(동녘라이프, 2007)를 읽고 남자와 여자가 이렇게 다를 수가 있나 놀랐다. 같은 사람이지만 생각하는 방식이 전혀 다른 종족이었다. 남자는 말을 하지 않으면 모른다는 것을 알고 표현하기 시작했다. 그러고 나서는 싸우는 일이 확 줄었다. 친한 친구보다 더 편한 친구가 되어 갔다. 지금도 남편과 이런저런 이야기 하는 시간이 좋다.

남자는 여자와는 다름을 겨우 알아 가던 내가 이젠 아들 둘 엄마가 되었다. 막연하게 딸 하나 아들 하나를 생각했지, 연년생 아들 둘의 삶은 상상도 못 했다. 아들도 남자니까 남편이랑 비슷하겠지? 아니었다. 성인 남자를 이해하고 알아 가는 것과 남자아이를 키우는 것은 큰 차이가 있었다.

아들 육아 강연에 가면 손과 머리가 바빠진다. 우리 아이들 상황과 비교하면서 새롭게 알게 된 사실을 메모한다. 같은 마음으로 모인 엄마들이어서 그런지 질문 내용도 '어쩜 내 마음과 똑같을까!' 하는 게 많았다.

아들이 어떤 행동을 했을 때 '도대체 왜 저러는 거야?' 이해가 안 간다. 나는 안 해 봤기 때문이다. 책을 읽고 강연을 들으면서 내 아들이 보이기 시작했다.

남편에 의하면 형제인 친구들은 형과 많이 싸우기도 하고 많이 맞기도 하더라고 했다. 얼굴에 손톱자국이 남아 있는 친구들 대부분이 형제인 집이었다고 덧붙였다. 그런 이야기를 들으면서 '우리 아이들은 싸우지 않고 사이좋게 크면 좋겠다.' 생각했다. 현실적으로 어려운 일임을 깨닫는 데는 오래 걸리지 않았다. 최민준 소장의 아들 육아 강연에 갔을 때 한 엄마가 이렇게 질문했다.

"세 살 차이 나는 형제입니다. 누구 하나 편애하고 싶지 않아서 똑같이 주는데도 많이 싸워요. 동생은 형이 하는 건 무조건 하고 싶어 하고, 갖고 싶어 해요. 이럴 땐 어떻게 하나요?"

우리 집도 마찬가지다. 형이라서, 또 동생이라서 어느 한쪽 편애하지 않으려고 똑같이 줬었다. 형이 있어 동생은 모든 걸 일찍 접하게 된다. 형이 하는 건 자기도 해 보고 싶어 하고, 못 먹는 음식도 먹어 보고 싶어 했다. 그때, 이어지는 강연자의 답변에 눈이 번쩍 뜨였다.

"동생은 자기가 형인 줄 알아요. 형이 있는 동생은 자기 또래는 시시해요."

남자란 존재 자체에 승부욕이 장착되어 있어 아빠와도 경쟁하려고 한다. 형과 나이 차이가 크게 나면 동생은 더욱 열등감을 느끼게 된다. 형과 동생은 엄연히 다르다. 열두 살과 아홉 살의 자유와 책임이 다르므로 똑같이 대하면 안 된다고 했다. 똑같이 대하면 증상이 더 심해질 뿐이다.

그러면 어떻게 해야 할까? 강연자의 다음 말에 집중했다. 아이가 하나일 때와 둘일 때는 전혀 다르다. 1:1 관계를 맺는 일이 어렵기에 둘부터는 조직으로 접근해야 한다. 경력 사원과 신입 사원을 예로 들었다. 나는 5년 차 경력직인데 갓 들어온 1년 차와 똑같이 대하면 기분 나쁘지 않겠는가? 동생을 볼 때, 형을 개입시켜야 한다. 엄마가 똑같이 나눠 주는 것이 아니라 형에게 두 개를 주고 하나를 형이 동생에게 나눠 주도록 해야 한다는 것이다. 형이 베풀 기회를 많이 만들어 주라고 한다. 그러면서 동생은 형과 자신이 다른 위치임을 알아 간다. 형은 경쟁자도 자기와 똑같은 친구도 아니다. 부모가 형과 동생을 공평하게 대할수록, '때리지 마!'라고 이야기할수록 서로 경쟁자라는 인식이 강해진다. 형에게 권한을 주고 부모는 심판관으로 뒤로

물러난다. 싸우지 않고 클 수는 없으며 치열하게 싸우는 형제가 사회성이 높다. 싸우는 과정에서 자신의 욕구 표현과 관계를 배워 나간다.

처음부터 형과 동생은 달랐던 건데 그 다름이 편애로 비칠까 봐 똑같이 맞춰 가려고 했었다. 강연을 듣고 온 뒤 첫째와 둘째를 공평하게 대하려던 것을 그만두었다.

아이들이 네 살, 다섯 살 때 엘리베이터를 타면, 서로 자기가 버튼 누르려고 싸웠다. '버튼 누르는 게 재밌나 봐.'라고만 생각했다. 그 이면에 '중요한 사람이 되고 싶다.'라는 마음이 있는 줄은 몰랐다. 엘리베이터 버튼을 누르면 원하는 목적지에 도착한다. 그것이 영향력 있어 보이고 중요한 것 같으니까 자신이 누르고 싶어 하는 거였다.

남자아이는 타인에게 영향력을 끼치고 싶은 욕구가 있다. '우리 엄마 예쁘다, 나는 엄마가 좋아.'라는 마음은 '엄마를 건드려 보고 싶다.'라는 마음으로 작용하기도 한다. 엄마에게 영향력을 끼치고 싶은 마음이다. 무엇을 하면 안 되는지 알면서도 해 본다. 엄마의 한계선이 어디까지인지 시험해 보고 싶고, 그 한계를 넘어 보고 싶은 거다.

"엄마, 이것 봐 봐."

"엄마, 이리 와 봐."

자꾸만 부른다. 자신이 무엇을 하는지, 무엇을 했는지 보여주고 싶어 한다. 아이와 어른은 시간을 느끼는 뇌가 다르다. 아이에게 '잠깐만'은 긴 시간이다. 재촉하는 아이와 '잠깐만'을 외치는 엄마 사이에 실랑이가 벌어진다. 그러다 아이는 엄마에게 매달리거나 엄마를 툭 쳐서 아프게 한다. 엄마가 화를 내면 아들은 '어?! 엄마가 이러니까 나를 보는구나!' 생각한다. 잘못된 행동을 했을 때 그 행동만 가지고 혼을 내면 안 된다고 한다. '아이가 이 행동으로 얻으려는 가치가 뭐지?' 생각하고 접근해야 한다. '하지 마라'라는 교정과 통제가 아니라, '그런 행동을 하지 않아도 우리는 너를 사랑하고 이미 너는 중요한 존재다.'라는 것을 깨닫게 해 줘야 한다.

일상생활에서 할 수 있는 방법은 '선택권 부여하기'이다. 가족이 먹을 간식을 고르거나 재활용을 함께한다. 아이가 자신이 괜찮은 사람이라고 느낄 기회를 자꾸 만들어 준다. 우리 집 분리수거 담당자는 아이들이다. 여섯, 일곱 살이 되면서부터. 유치원 가기 전 선우와 윤우에게 재활용 가방을 내민다. 당연하게 들고 나간다. 음식물 쓰레기를 버릴 날도 어서 오기를!

같이 놀다가 아이가 날 아프게 때릴 때가 있다. 아픈 데다가

'이 녀석이 감히 엄마를!' 하는 마음에 화가 난다. 때린 행동에 대해 혼을 냈다. 육아서를 보니 아들은 자기도 모르게 손이 나가기도 한다. 남성 호르몬인 테스토스테론이 넘치기 때문이다. 이럴 땐 아빠와의 관계가 중요하다. 엄마보단 아빠가 몸으로 부딪치며 많이 논다. 아빠와 놀면서 심장이 쿵쾅거리고 뛴다. 감정의 극단을 경험하게 되면 통제력을 잃기도 한다. 아들이 아빠를 때렸을 때 화를 내면 안 된다. 아이는 어른과 자기를 동일시하려는 경향이 있으므로 최대한 화내는 것을 자제해야 한다. 아이가 배울 수도 있기에 자기도 모르게 과격해지려는 순간 차분하게 제어해 주는 아빠가 필요하다. 꼭 아빠가 아니어도 본받을 수 있는 남자 어른과 신체 활동을 많이 할 기회를 만들어 줘야 한다. 그러면서 자신을 제어하는 감정 조절 능력을 발달시킬 수 있다고 한다.

그러고 보니 남편은 놀다가 아이에게 맞았을 때 화를 내는 나와 달랐다.

"아빠를 왜 때려? 그러면 안 돼. 아프잖아."

다시 웃으며 논다. 책으로 새롭게 알고, 배워 가고, 적용해 가는 나와 달리 남편은 별로 힘들이지 않고 아들을 키우는 것 같았다. 이해하려고 애쓰지 않아도 같은 남자여서 자연스럽게 이해되고 받아들여지는 부분이 있었다.

평생 여자로만 살아온 엄마가 남자아이를 키우는 것이 힘들고 어려운 것은 당연했다. 왜 이러는지 몰라 답답했던 마음도 아들에 대해 알려고 노력하니 이해가 되었다.

아들도 아는 만큼 보였다.

6

아들아, 아들아

"으악! 이게 뭐야!"

잠깐 졸고 일어나니 그사이 사고를 쳤다. 이사 가면서 누가 버리고 간 화이트보드를 주워 왔었다. 넓은 화이트보드 판에 아이와 그림도 그리고 글자도 같이 써 보면 좋을 것 같았다. 보드마카를 주면서 두 아이에게 단단히 교육했다. 보드 판에만 사용할 것, 벽과 바닥에는 낙서하지 않을 것, 다 쓴 후에는 꼭 뚜껑을 닫을 것 등을 일러뒀다. 고개를 끄덕이던 아이들은 신나게 낙서했다.

"엄마, 윤우가 내 몸에도 칠하고 벽에도 칠했어!"

큰아이 말에 놀이방으로 가 보니 벽에 빨간 줄을 그어 놨다. 약속을 어긴 윤우에게 보드마카 사용 금지령을 내렸다. 보드마카 지우는 법을 검색하고, 물에 베이킹소다를 풀어 칫솔로 문질렀다. 지워지긴 했지만, 자국이 남았다. 예전의 우리 집이었으면 벽에 낙서하든 뭘 하든 그냥 두었을 텐데 이곳은 우리 집이 아니었다. 1년만 살고 갈 집이었기에 최대한 깨끗하게 사용해야 했다. 이사 온 지 두 달 만에 방충망에 구멍을 내고, 벽지에도 색연필이 묻었다.

어쩌면 아이들도 갑자기 줄어든 허용의 범위가 혼란스러웠을지도 모른다. 괜스레 아이들에게 미안해졌다. 울면서 보드 판에만 칠하겠다는 윤우를 한 번 더 믿어 보기로 했다.

다음 날, 잠깐 존 틈에 윤우가 옷장 위에 올려 둔 보드마카를 다 꺼내 뚜껑을 열어 놓았다. 손이 닿지 않으니 블록 통을 뒤집어 밟고 올라갔다. 두 다리는 이미 검은 점, 빨간 점이 콕콕 찍혀 있었다. 놀이 매트에도 점이 생겼다.

"윤우야! 보드 판에만 칠하기로 어제 약속해 놓고 또 이랬어! 어서 가서 닦고 와!"

싫다고 버틴다. 레이저 눈빛을 쐈더니 물티슈를 뽑아 들고 방으로 들어간다. 조용히 따라가 봤다. 쭈그려 앉아 엉덩이를 들썩이며 닦고 있다.

"엄마, 다 닦아쪄!"

대충 닦긴 했지만, 들썩이던 조그만 엉덩이가 떠올라 넘어갔다. 놀이 매트만 보면 이날의 기억이 떠오른다.

윤우는 얼굴에서부터 장난기가 가득하다. 선우보다 더욱 힘이 든다. 첫째 땐 처음이라서, 한 명이라서 하는 상황이 있었다. 둘째가 태어나니 둘이라 딱 두 배만큼 힘든 게 아니라, 상상 이상이었다. '셋, 넷 이상 키우는 집은 얼마나 힘들까? 내가 힘든 건 힘든 것도 아니야.'라는 생각이 들었다.

'안 돼!', '하지 마!' 이 두 가지 말만 하지 않고 뭐든 해 볼 수 있게 해 주면 아이의 창의력이 쑥쑥 자란다고 했다. 물론 아이가 위험하거나 남에게 피해를 주는 상황은 제외하고. 부모의 허용 그릇만 넓혀도 아이는 잘 큰다는 말에 결심하고 다짐했다. 하지만 여전히 어렵다. 나도 모르게 '안 돼, 하지 마, 위험해.'란 말이 튀어나온다. 이런 말을 숱하게 듣고 자라 온 엄마가 한 번에 바뀌기란 어렵다. 노력하는데도 말하게 되고 제지하게 된다.

첫째 때는 육아서를 끼고 살았다. 모르니까 알고 싶고, 아니까 행동을 조심하게 된다. 조심하면서 아이의 반응에 촉을 세우고 있었다. 그런데 두 명이 되니 우선 체력적으로 힘에 부친다. 힘이 드니 '나도 좀 편해지면 좋겠다…….' 하는 마음이 들었다. 아토피 때문에 제한하던 음식도 풀어지기 시작했고 육아서 외의 책을 많이 읽었다.

그맘때 선우의 아토피가 심해졌다. 아토피 관리를 해 가면서 다시 먹거리와 육아 관련 책을 찾아 읽었다. 육아서를 멀리하게 될 때는 나도 뭔가 켕기는 것이 있기 때문이다. 잘못된 내 행동을 책 속의 글로 확인하고 싶지 않았다. 모르는 척하고 싶었다.

윤우는 선우보다 더욱 엄마를 시험에 들게 한다. 둘째기도 하고 성향 차이 때문일 수도 있다. 청개구리 같다. 혼나는 것도 그때뿐 뒤끝 없이 쿨하다. 금세 안아 달라고 온다. 선우는 서럽게 엉엉 운다. 혼이 난 마음이 상처가 된 듯 조금 오래간다. 하지 말라는 건 잘 하지 않고 엄마, 아빠 말을 잘 듣는 편이다. 이런 아이를 보며 우리 부부는 또 고민한다. 부모 말 잘 듣는 착한 아이로만 키우지 말자고 했는데 혹시 선우가 그런 건 아닐까? 아이가 착해도 고민이 된다. 그 착함이 부모의 기대를 충족시키기 위함인지, 자신이 원해서 한 행동인지를 두고 곰곰이 생각하게 된다.

나의 학창 시절, 친구들과 밥을 먹거나 영화를 볼 때, 늘 남에게 선택권을 넘겼다. 그게 배려고 착한 행동이라 생각했다.

"아무거나. 너 먹고 싶은 거 먹자."

"난 아무거나 봐도 다 좋아."

먹고 싶고, 보고 싶은 것이 있었음에도 나의 욕구를 외면한 채 살아왔다. '착한 아이 콤플렉스'가 있다는 것을 육아서를 읽으면서 알았다. 아이를 키우는 것은 매 순간이 선택이다. 다른 사람의 선택에 따르며 살다가 스스로 생각하고 선택하려니 육아가 어렵고 힘들 수밖에 없었다. 육아에서만큼은 남이 하는 대로 따라가기 싫었다.

주체적인 삶은 다른 게 아니었다. 흘러가는 대로 이끄는 대로 끌려가는 것이 아니다. 스스로 고민하고 결정해서 '그 선택을 한 나'를 믿고 가는 것이었다. 내게 '아이를 키우며 책을 읽는 일'은 '새로운 나로 태어나기 위해 알을 깨는 과정'과도 같았다. 스스로가 그어 둔 한계를 넘어서는 일, 살아온 인생만큼 두껍게 생긴 고정관념을 깨고 나오는 일이 내겐 바로 육아였다.

아이들이 일찍 잠든 날 남편과 이야기를 나눴다. 서로 지금 답답하다고 했다. 뭐가 답답하냐고 주거니 받거니 고민을 털어놓았다. 남편은 직장에서의 고민이었고 나는 육아에 대한 고민이었다.

이사 온 후로 층간 소음 문제가 있었다. 조용한 동네라 좋을 줄 알았는데 아이들 목소리가 조금만 커도 울렸다. 낮에도 밤에도 집 안에서도 밖에서도 '조용히!'를 외쳤다. 책에 집중하지 못하고 핸드폰만 쥐고 있었다. '너 지금 이러면 안 돼……' 마음속에서 끊임없이 경종이 울린다.

'내가 잘하고 있나? 아이들을 가정 보육하면서 부족한 건 없나? 내 생활에서 무엇을 가지치기해야 할까?' 육아에서도, 내가 하고 싶은 일에서도 집중을 못 하고 있었다. 미혼일 때는 오롯이 나에게만 집중하면 되었다. 엄마가 되니 신경 써야 할 것이 한둘이 아니었다. 중요한 우선순위에 더 중점을 두어야 했다. '지금, 이 순간, 이 시기'에 가장 중요한 일은 육아였다. '무얼 해 볼까?'가 아닌, '무얼 하지 않아 볼까?' 고민하던 밤이었다. 다음 날 육아서를 읽다가 찜찜함의 근원을 발견했다.

"아이가 기억하는 건 부모와 함께 간 '장소'가 아니라, 부모와 함께 있던 '순간'이다. 아이를 사랑한다면, 장소가 아니라 순간을 소중하게 기억하는 아이의 마음과 영혼을 잊지 않아야 한다."

김종원 작가의 《아이를 위한 하루 한 줄 인문학》(청림Life, 2018)에서 나온 말이다.

주말에 독립기념관에서 찍은 사진을 컴퓨터로 옮겨 정리하고 있었다. 그걸 보던 윤우가 말한다.

"하야(형아)랑 윤우네! 여기 또 가고 싶어."

한 번씩 아이들과 핸드폰에 있는 사진을 본다. 선우와 윤우는 여기 또 가고 싶다고, 누구와 무엇을 했는지 말한다. 아이들은 신나게 놀았던 그 순간을 기억하는 것이었다. 강변이든 키즈카페든 독립기념관이든 장소는 상관없다. 누구랑 무얼 하며 놀았는지, 그게 얼마나 재밌었는지가 기억에 남아 또 가고 싶어한 거였다. 연이어 나오는 "아이들에게 모자란 것은 오직 시간뿐이다. 더 방황하며 실패할 시간을 허락하자."라는 글귀를 보면서 답답함의 이유를 깨달았다. 아이에게 '그 시간'을 주고 싶어서 가정 보육을 택한 건데 '그 시간'을 제대로 채워 주지 못한다는 생각에 답답했다. 육아에 지쳐 예민해진 엄마, 이렇게 집에만 데리고 있을 거면 차라리 어린이집에 보내는 게 낫지 않을까 하는 불안, 그건 내가 추구하는 육아관과 다르다는 혼란.

답은 알고 있었으나 그것과 마주하기가 겁이 났다. 너, 그거 아니라고, 지금 잘못 가고 있다고 깨닫는 순간을 회피하고 싶었다. 유독 둘째로 인해 힘들어하고 스트레스를 받았다. 그 이유가 첫째 때와 달리 육아에 대한 초심을 잃었기 때문이 아닐까? 자기 고집대로 하려 하고 말 안 듣는 시기가 있는 건데도 부모 편해지자고 아이를 우리 방식에 맞춰 나갔다.

나와 아이에게 이 순간, 가장 중요한 일은 '함께 보내는 시간'임을 기억하고 또 기억해 본다.

제3장

아들 키우는 꿀잼

1

이 맛에 아들 키워요

"아야!"

아프지 않고 넘어가는 날이 없다. 아이를 안고 있다가 뒹굴 뒹굴 굴렀을 뿐인데 엄마에게 장난을 걸어온다. 꺅꺅거리는 웃음소리와 함께 발이 얼굴과 가슴, 온몸으로 날아온다. 무차별 발차기다. 아이의 공격에 기권하고 만다.

"그만! 엄마 정말 아프단 말이야."

도망가는 엄마를 쫓아오며 치마폭으로 들어온다. 똥침을 외치며 또 공격한다. 공격하는 아들이나 구경하는 아들이나 재밌다고 꺼이꺼이 넘어간다. 당하는 엄마만 짜증 나기 일보 직전이다. 흥분 상태인 아이들을 겨우 진정시키고 식탁에 앉혔다. 식판을 올리자, 윤우가 보고 있던 책을 손에서 놓는다. 책의 모서리가 발등에 떨어졌다. 하필 딱딱한 양장본이다. 아야 소리가 절로 나온다. 실수로 그런 게 아니었다. 식판이 온다고 생각 없이 바닥에 떨어트리다니. 엄마 괜찮냐고 묻지도 않고 밥만 먹는다.

"윤우야, 책을 올려 둬야지 바닥에 그냥 떨어트리는 게 어디 있어. 엄마가 아프면 괜찮냐고 물어봐야지!"

"응? 엄마 괜찮아?"

엎드려 절 받기다. 괜찮냐고 물어봐 줬으니 다행이라 여겨야 할지, 한 번 쳐다보기라도 해줘서 고맙다고 생각해야 할지.

밥을 먹고 나면 영어 DVD 보는 시간이다. 조용해진 거실에서 책을 읽고 있었다. 친구에게 전화가 왔다. 이런저런 근황을 이야기하다가 둘째 얘기가 나왔다. 딸 하나 키우고 있는 친구는 둘째를 갖고 싶어 했다. 첫째가 딸이지만 둘째도 딸이면 좋겠다고 했다. 딸은 크면 엄마랑 이것저것 공유하고 친구가 되어 좋은데 아들은 그런 재미가 없다고 말했다. 아들은 키우기 힘든 점, 딸은 키우면 좋은 점을 얘기한다. 전화를 끊고 나니 이상한 기분이 들었다. 멍하게 앉아 있다가 남편에게 문자를 보냈다.

[나 좀 위로해 줘요]

곧바로 전화가 왔다. 무슨 일이냐고 묻는 말에 친구와의 통화 내용을 이야기했다. 눈물이 차올랐다.

둘째가 아들이라고 했을 때 아쉽지 않았다면 거짓말이다. 첫째가 아들이니 둘째는 딸이면 좋겠다고, '속쌍꺼풀이 지고 속눈썹이 위로 올라간 윤우가 딸이었으면 얼마나 예뻤을까?' 생각하곤 했다. 아들인 윤우를 보며 그런 마음을 계속 갖는 건 미안한 일이었다. 더 생각하지 않기로 했다. 이제는 안 그런 줄 알았다. 친구와 통화하면서 내심 '딸이 있었으면……' 하는 마음이 아직 남아 있음을, 친구 말에 속상했음을 그때 알았다.

둘째는 첫째와 달랐다. 같은 개월 수여도 선우가 보이지 않은 행동을 많이 했다. 엄마, 아빠를 부르는 목소리에서부터 애교를 장착했다. 목소리에 꿀이 발린 것 같다. 삐져서 입이 쭉 나와도 오리 같아 귀엽기만 하다. 윤우가 좋아하는 놀이 중에 '아기 태어나기'가 있다. 이불을 뒤집어쓰고 아기 소리를 내며 엄마 품에 쏙 안긴다. 그런 아이를 보면서 '딸이면 어떻고, 아들이면 어때? 이러나저러나 소중한 내 자식인걸.' 생각한다.

아이 옷을 사러 가면 남자아이 옷보다는 여자아이 옷이 더 눈에 들어온다. 레이스가 달린 꽃무늬 원피스, 반짝이는 에나멜 구두, 단정하게 빗겨진 머리, 인형 놀이를 좋아하던 나였다.

딸이 생기면 똑같이 해 주고 싶었다.

아이들이 두 살, 세 살 때 친정엄마에게 딸에 대한 아쉬움을 얘기한 적이 있다.

"키울 때 잠깐이야. 아들이나 딸이나 똑같아."

나는 살가운 딸은 아니다. 오히려 남동생이 엄마에게 애교를 많이 부린다. 나라면 절대 못 할 귀염을 떠는 동생을 보면서 '딸이라서 꼭 어떻고, 아들이라서 꼭 어떻다는 것은 고정관념이지 않을까?' 생각한다. 딸을 안 키워 봐서 모르지만, 아들이라서 덜 좋다는 마음은 들지 않는다. 내 자식이니 그저 사랑스럽고 예쁘다.

"아들은 몸이 힘들고 딸은 정신이 힘들 뿐, 육아가 힘든 건 똑같아요."

강연장에서 들은 이 말이 인상 깊었다. 친구의 말에 속상하고 눈물이 났던 것은 내 마음속에 딸에 대한 미련이 조금이라도 남아 있었기 때문이다.

"아들만 둘이야? 딸 하나 더 낳아야겠네. 엄마도 딸이 있어야 해."

나를 비롯해 모든 아들 엄마가 가장 많이 듣는 말이 아닐까.

아이들이 어릴 때야 가끔 했던 생각이지만, 지금은 그렇지 않다. 아들 키우는 재미도 크다.

"윤우야, 엄마 더워. 그만, 그만. 이 책 뭐야? 이거 볼까?"

윤우가 이불로 엄마를 꽁꽁 덮어 두는 장난을 친다. 관심을 책으로 급히 돌렸다. 자세를 고쳐 함께 책을 보려는 순간 윤우 머리에 눈이 부딪쳤다. 얼마나 아프던지 눈을 감싸 쥐고 한참을 엎드려 있었다. 걱정되어 다가오는 선우와 앙앙 우는 윤우. '애가 엄마 아파서 놀랐나?' 싶어 윤우에게 물었다.

"윤우야, 왜 울어? 엄마 아프게 해서 놀랐어? 엄만 괜찮아."

"윤우 책 안 읽어 줘서. 왜 책 안 읽어줘?"

어이가 없어서 말이 안 나왔다.

"엄마, 괜찮아?"

고개를 돌려 선우를 봤다. 걱정스러운 눈빛을 보내는 선우를 보니 안 괜찮아도 괜찮아졌다.

부딪히기 직전 혼잣말로 '어휴, 더워.'했는데 선우가 그 말을 놓치지 않았다. 엄마가 덥다는 말에 내 쪽으로 선풍기를 돌려 틀고 있었다. 미처 고맙다고 말하기도 전에 사고가 났다. 이렇게까지 마음을 헤아릴 줄 아나 싶을 때가 있다. 비록 부딪힌 곳은 아팠지만, 아이의 예쁜 마음 씀씀이에 웃을 수 있었다.

윤우에게도 그런 순간이 있다. 남편이 선우를 재우다가 함께 잠든 밤이었다. 깨어 있던 윤우는 스탠드 불빛 아래서 책을 보고 있었다. 무언가 찾는 듯 두리번거리기에 윤우가 좋아하는 사운드 북을 가리켰다.

"윤우야, 이거 찾아?"

"아니, 아빠 자잖아. 시끄러워서 안 돼."

불빛 아래 책 읽던 아이가 빛나 보였다.

남자가 여자보다 공감 능력이 떨어진다고 한다. 공감 능력이 부족하다는 것은 다른 사람을 이해하고 배려하는 능력이 떨어진다는 것이다. 왜 그럴까? 뇌 구조부터 차이가 난다. 남자아이들의 뇌량(腦梁)이 여자아이들에 비해 적다. 상대적으로 적은 뇌량이 좌뇌와 우뇌를 오가는 정보량을 적게 만든다. 여자아이들은 공감에 뛰어나고 남자아이들은 집중과 몰입에 뛰어나다. 아들이어서 어쩔 수 없다는 마음보다는 공감 능력을 키워 주려는 노력이 필요하다는 글을 봤다. 자기보다 작고 약한 생물을 키우는 게 도움이 된다고 한다. 애완동물이나 곤충, 식물도 괜찮다.

남동생이 초등학교 5학년 때 햄스터 한 마리를 사 왔다. 빈 플라스틱 통에 숨구멍을 뚫어 집도 만들어 주었다. 책상 위에 햄스터 집을 올려 두고 학교에 갔다. 집에 돌아와 보니 햄스터가 없었다. 엄마에게 물으니 조금 전에 동생과 같이 묻어 주고 오는 길이라 했다. 어떻게 탈출했는지 책상 뒤 좁은 틈 사이에 끼어 죽어 있었다고 한다. 동생이 햄스터를 손바닥 위에 올려 두고 한동안 울더라는 말도 덧붙였다.

며칠 뒤 다시 한번 잘 키워 볼 거라고 한 마리를 또 사 왔다. 이번엔 책상 위가 아닌 바닥에 집을 놔뒀다. 먹이도 챙기고 위험한 건 없는지 확인하고 학교에 갔다. 집에 와 보니 또 죽어 있었다. 동생은 햄스터도 물을 먹는다는 사실을 몰랐다. 먹이만 챙기고 물을 빠트렸다. 한참을 서럽게 울다가 혼자 놀이터에 묻어 주고 왔다. 그날 이후 다시는 햄스터를 사 오지 않았다. 생명이 있는 것을 집에서 키우지도 않았다. 지금도 그 기억이 가슴 아프게 남아 있다고 했다.

더 어릴 땐 동생이 문구점에서 병아리를 사 왔다. 베란다에서 중간 닭이 될 때까지 키운 적도 있다. 병아리나 햄스터, 금붕어, 거북이를 사 와서 키우려고 한 것은 늘 남동생이었다.

공감 능력이 여자아이보다 조금 떨어진다 뿐이지 없는 것은 아니다. 이렇게 생명을 책임지고 키워 보면서 공감력도 키워 갈 수 있다.

남자아이라고 울지 말란 법도 없다. 아이가 속상해서 울 때 옆에서 그 감정을 잘 지지해 주고, 받아 주면 좋다. 그러면 자신의 감정을 표현하고 해소하는 데도 도움이 된다. 선우는 맛있는 걸 먹거나 재밌는 곳에 갔다 오면 물어보지 않아도 먼저 말한다.

"너무 맛있었어!"

"너무 재밌었어!"

"지금 화가 날 거 같아. 짜증이 나."

부정적인 감정도 곧잘 표현한다. 나부터가 어떤 감정인지 아이에게 말하는 연습을 많이 했다.

"엄마는 지금 선우가 떼쓰고 소리 지르니까 속상해. 계속 그러면 화가 날 것 같아."

자신이 느끼는 감정이 무엇인지 정확하게 알고 표현하는 것도 중요하다. 딸이라고 해서 무조건 애교스럽고 부모의 말 상대가 되어 주는 것은 아니다. 딸이든 아들이든 아이마다 고유한 기질이 있다. 그 기질 중에 좋은 것은 더 좋게 살리고 안 좋은 것은 줄여 줄 수 있도록 부모가 도와줄 수 있다.

딸이 꼭 있어야 하냐고 묻는다면 '있으면 좋겠지만 없어도 괜찮다.'라고 말하고 싶다. 밑도 끝도 없이 무조건 딸이 최고란 말은 사실이 아니다. '잘 키운 딸 하나 열 아들 부럽지 않다.'가 아니라 '딸 아들 구별 말고 딸은 딸대로 아들은 아들 대로, 낳았으면 잘 키우자.' 하는 마음이다.

세상에서 제일 예쁜 우리 엄마

엄마가 친구들과 1박 2일로 여행 갔다 온 사진을 보여 줬다.

"엄마가 제일 예쁘네!"

"에이~ 뭘. 엄마니까 그렇지."

"아냐, 엄마가 제일 예쁘구만!"

"원래 자기 엄마가 제일 예뻐 보이는 거야."

"아닌데…… 진짠데…….."

남동생이 옆에서 어이없다는 듯 쳐다보고 있다.

서울에서 동생을 만났다. 만나자마자 말한다.

"씨스타. 촌에서 올라온 거 티 난다. 눈에 총기가 없네!"

사람 많은 서울에 오면 긴장하는 촌사람이긴 하지만 그렇게 티가 날 줄은 몰랐다. 계속 촌사람티 난다는 동생의 말에 발끈했다.

"야! 총기가 없긴 뭐가 없냐. 눈에 얼마나 힘주면서 다니는데! 근데 서울 오니까 예쁜 사람이 많긴 많다……."

"어이구. 엄마랑 누나는 자기 외모에 너무 엄격해."

남편, 시댁 식구들과 함께 드라마를 보고 있을 때였다. 1부가 끝나고 "감기 조심하세요." 하는 중간 광고가 나왔다.

"저 배우가…… 혜리인가?"

"응! 예쁘죠?"

"현진아, 나는 네가 더 예쁘다."

"헉. 뭐야."

누가 들었을까 봐 황급히 고개를 돌렸다. 다행히 다섯 명의 아이들로 시끌시끌할 때라 아무도 못 들은 듯했다.

남편에게 누가 예쁘더라 하는 말을 하면 내가 더 예쁘다는 말로 입을 다물게 만든다. 어디 가서 그런 말 절대 하지 말라고 해 놓고선 입꼬리는 어느새 올라가 있다. 여자인 내가 봐도 예쁜 사람을 보면 와아 하면서 한 번 더 보게 된다. 외모가 다는 아니지만 부럽다. 어쩌다 예쁘다는 말을 들으면 '에이, 뭘~ 가족이니까 그렇지.', '네가 좋게 봐주니까 그렇지.' 하는 반응을 보였다. 그러고 보면 나도 엄마랑 똑같다.

선우, 윤우가 유치원에 다니기 전, 우리 일상은 이랬다. 보통 오전 9시가 넘어 일어난다. 점심에 가까운 늦은 아침을 먹고 간식과 함께 아이들은 DVD를 본다. 다 봤거나 지루해질 때쯤 선우가 다가온다.

"엄마, 우리 이제 밖에 나갈까?"

간단하게 외출 준비를 한 후 밖으로 나간다. 자전거와 킥보드를 타고 놀이터에 간다. 여기저기 돌아다니다가 집으로 오면 바로 씻는다. 목욕하면서 둘이 또 한참을 논다. 저녁에 가까운 늦은 점심을 먹고 윤우가 먼저 잠든다. 그동안 선우와 나는 각자 조용한 시간을 보낸다. 책 넘기는 소리, 장난감 만지는 소리만 들린다. 선우는 놀다가 잠이 들 때도 있고 먼저 말할 때도 있다.

"조금 쉬고 있을게."

잠시 뒤 방에 가 보면 자고 있다. 선풍기 두 대가 돌아가는 나른한 여름 오후. 쓰던 글을 마무리 짓고 아이들 곁에 가 눕는다. 일어나면 이제, 새벽까지 이어지는 저녁 시간이 시작된다.

아침 6시부터 윤우가 나가자고 난리였던 날이 있었다. 결국 아침을 먹고 8시가 안 돼서 나왔다. 햇볕이 따가웠다. 놀이터 그늘에 앉아 집에서 가져온 음료를 마셨다. 아이들은 덥지도 않은지 땡볕 아래로 나가 흙과 풀을 만지며 놀았다. 그 모습을 보고 있는데 윤우가 손 선풍기를 바닥에 갖다 대며 논다.

"윤우야, 그러면 선풍기 고장 나. 더울 때 쓰라고 사준 거지, 그렇게 갖고 놀라고 사준 거 아니야."

엄마를 한 번 쳐다보더니 방긋방긋 웃으며 계속한다. 하지 말라고 하면 더 하는 청개구리 윤우에게 열 받기 시작했다. '더우면 더운 거지, 사준 내가 잘못이다!' 생각하며 일어섰다. 엄마를 뒤쫓아 온다. 더우니 힘도 빠지고 감정 조절이 잘 안된다. 아이들에게 쉽게 짜증 내는 내 모습이 싫었다. 그늘 밑에 쭈그려 앉아 가만히 길 건너편 아파트를 바라봤다.

"엄마! 구름이 하나도 없어!"

파란 하늘을 보며 마음을 진정시키고 숨을 골랐다. 선우의 얼굴이 눈앞까지 다가온다.

"엄마, 까만 눈에 내가 두 개 있네?"

"엄마도 선우 눈에 엄마가 보여. 선우야, 엄마 기분이 어때 보여?"

"음. 예뻐 보여!"

"예뻐 보여? 기분 말이야. 기분이 어때 보여?"

"음. 좋아 보여! 히히히."

선우의 말에 힘내서 다시 일어섰다. 집으로 돌아와 씻기고 밥을 챙겨 먹이니 어느새 오후가 되었다. 뒤늦게 오늘, 우리 지역에 폭염주의보가 내렸다는 사실을 알았다. 잠든 윤우를 가만히 바라봤다. 아이에게 들렸다 놓였다 하는 이 마음, 언제쯤 고요해질까? 이게 다 폭염 때문이다.

평소 잘 먹지 않는 음식을 먹거나 새로운 장소에 가면 아이의 기분은 하늘을 찌른다. 폴짝폴짝 뛰면서 외친다.

"엄마! 엄마가 너무 예뻐!"

그럴 때만 예쁘다고 하면 서운하겠지만, 엄마가 예쁘다는 말은 일상어다. 책을 보다가 불쑥 말하기도 하고, 블록으로 만든 장난감을 선물이라며 건네줄 때, 간식을 먹기 전에 종종 말한다.

"엄마, 너무 예쁘다!"

"엄마가 예뻐서 주는 거지!"

아이 눈엔 엄마가 제일 예뻐 보이나 보다. 친정엄마를 보며 중년의 내 모습을 떠올린다. 엄마와 함께 나가면 많이 닮았다고, 누가 봐도 모녀지간임을 안다. 그 말을 들을 때 기분이 좋다. '엄마처럼 나이 들어도 예쁘면 좋겠다.' 생각하곤 한다. 외모뿐만 아니라 내면도 마찬가지다. 엄마 같은 엄마만 되어도 좋겠다. 내 기준에서 좋은 엄마는 바로 우리 엄마다. 그러고 보니 제일 가까이에 '엄마 롤 모델'이 있었다. 아이가 엄마 예쁘다고 하는 말은 엄격한 외모의 기준을 가지고 하는 말이 아니다. 그저 엄마가 좋으니까 예쁘다고 한다. 나도 그렇다. 내 자식이니까 예뻐 보이는 것이다. 모녀가 자신의 외모에 엄격하다는 동생의 말을 다시 떠올려 본다. 엄마와 나는 스스로는 예쁘다고 생각하지 않으면서 서로에게는 왜 자기가 예쁜 걸 모르냐고 말한다. 각자가 가진 외모의 기준으로 서로가 예쁘다고 한 게 아니다. 엄마니까, 딸이니까 더 예뻐 보인 거였다.

두 아들에게 외모뿐만 아니라 내면도 예쁜 엄마가 되고 싶다. 짜증 내고 지쳐 있는 엄마가 아닌, 상냥하게 웃는 엄마를 떠올리게 하고 싶다. 엄마가 주던 따뜻한 사랑이 엄마를 예뻐 보이게 만든 힘이었다.

맞은편에 앉아서 색칠하는 선우를 바라본다. 아빠에게 줄 색칠 선물을 완성하고 이번엔 엄마에게 줄 선물을 공들여 칠하고 있다. 검은색으로 그림 주위를 콕콕 찍어서 한 글자씩 말한다.

"엄. 마. 한. 테. 내. 가. 색. 칠. 한. 거. 엄. 마. 이. 뻐. 서. 줄. 거. 야."

부모님에게 받은 조건 없는 사랑을 이젠 내 아이에게 주는 사람이 되었다.

세상에서 제일 예쁜 사람은 '우리 엄마'이다.

엄마 마음 안에 내가 있어

문밖으로 나오자마자 숨이 턱 막혔다. 어제보다 볕이 더 뜨겁다. 아이들과 놀이터에 가려고 나왔는데 살이 따끔거려 발걸음을 돌렸다. 아이들 간식만 사서 돌아왔다. 잠깐 나갔다 왔는데도 이마에 땀이 맺혔다. 고민하다가 에어컨을 틀었다.

첫째가 태어난 해 여름, 선우 몸에 땀띠가 났다. 급히 시부모님 가게에서 안 쓰는 에어컨을 가져왔다. 청소와 설치 모두 예약이 밀려 있었다. 땀띠가 난 아이를 보니 이틀도 길게 느껴졌다. 설치를 끝낸 에어컨은 연식은 오래됐지만, 시원하게 잘 돌아갔다.

에어컨이 없던 시절엔 어떻게 살았을까? 엄마와 아빠가 떠올랐다. 엄마는 유독 여름을 힘들어했다. 낮잠을 자지 않으면 활동을 할 수 없을 만큼 체력이 약했다. 우리를 키울 땐 금방이라도 쓰러질 듯 힘이 없고 말랐었다. 지금에야 '맛있는 보양식도 챙겨 먹고 한약도 지어 먹을걸.' 생각하지만, 그땐 잘 챙겨 먹어야겠다는 생각을 못 했다고 한다.

내가 기억하지 못하는 더운 여름날이었다. 엄마는 동생을 등에 업고 한 손엔 짐을, 한 손엔 내 손을 잡고 길을 걸어갔다. 덥고 힘이 들었는지 길에서 주저앉아 떼를 썼다고 한다. 엄마가 잡아끄는 힘에 버티다 내 팔이 빠져 버렸다. 엄마는 근처에 있던 태권도장으로 뛰어 들어갔다. 그곳에서 팔을 끼워 맞췄던 이야기는 마치 나의 무용담 같았다. 조금은 의기양양해졌다.

엄마가 되고 보니 웃긴 이야기가 아니었다. 어린아이 둘을 데리고 걸었을 더운 길, 그 길에 주저앉아 떼쓰는 아이. 생각만 해도 아찔하다. 거기다 팔까지 빠져 버린 아이라니! 한 푼이라도 아끼려고 버스를 탔다고, 택시는 탈 생각도 못 했다는 엄마다. 아이와 셋이서 택시를 탈 때면 엄마가 생각난다. 나처럼 젊었을 엄마를 떠올리면 괜스레 미안해진다. 아이를 키우는 일상의 곳곳에 엄마가 자리하고 있다. 유년 시절의 기억이 불현듯 떠오르곤 한다.

여름 방학이면 바다와 계곡으로 피서를 떠났다. 남매가 물놀이를 좋아하기도 했지만, 아빠가 물을 좋아했다. 엄마는 발만 담가 보고 텐트에서 우리가 노는 모습을 지켜봤다. 얼음 같은 계곡물에 풍덩 뛰어들면 더위는 어느새 잊고 만다.

동행이 있을 땐 1박 2일로 바다에 갔다. 고모네 가족이나 아빠 친구네 가족과 함께 갔다. 지난해 가지고 놀던 튜브를 챙기면서부터 들떴다. 아빠들은 텐트를 치고, 엄마들은 가져온 음식을 정리했다. 아이들은 수영복으로 갈아입은 후 튜브 불어 주기만을 기다렸다. 후…후…. 아빠의 입김 몇 번에 빵빵해진 튜브를 들고 바다로 뛰어갔다. 동생과 튜브를 끼고 놀고 있으면 아빠는 잠수해서 바다 깊이 갔다 오곤 하셨다. 아빠가 끌어 주는 튜브를 타고 발이 닿지 않는 깊은 곳까지 갔다. 짜릿함과 무서움이 동시에 느껴졌다. 그 묘한 감정이 여름철 바다에 갈 때마다 생각난다. 배가 고픈 줄도 모르고 바다에서 놀고 있으면 엄마가 그만 나오라고 부른다. 라면, 꽁치찌개, 김치찌개가 끼니마다 돌아가며 올라왔다. 무얼 먹든 밥그릇을 싹싹 비웠다. 밤에는 해변에 쳐 놓은 텐트에서 잤다. 동행한 가족이 많을 땐 민박집에서 잠을 자기도 했다. 낯선 곳에서 자던 하룻밤이 모여 여름을 설레는 계절로 기억하게 했다.

여름이면 바다에 가서 놀다 오니 까무잡잡한 피부가 더 까

매져서 돌아왔다. 피서지에서 새까맣게 탄 피부가 원래대로 돌아올 때쯤 다시 바다로 갔다. 같은 반 남자아이가 넌 왜 그렇게 까마냐고 물을 정도였다. 어릴 적 앨범을 보면 바다와 계곡에서 찍은 사진이 많다. 그걸 볼 때마다 좋은 추억을 남겨 준 부모님께 감사하다.

선우와 윤우가 무얼 하는지 미끄럼틀에 올라가 내려오질 않는다. 둘이서 이야기하다가 깔깔깔 웃기도 하고 미끄럼틀 타기를 반복한다. 나는 그늘진 벤치에 앉았다. 해가 구름 뒤로 숨으니 바람도 시원하게 불었다. 커피를 마시며 책을 읽는데 노래가 흘러나온다. 놀이터 벤치 옆 스피커에서 나오는 소리였다. '노래가 나오는 놀이터라니!' 북카페가 따로 없었다. 책을 덮고 흘러나오는 노래에 귀를 기울였다. 아이들 말소리와 새소리가 들렸다. 멀리서 간간이 차 지나가는 소리도 들렸다. 그 순간 '지금이 행복한 순간이야!'란 생각이 들었다.

행복은 늘 가까이 있다는 말을 실감하며 산다. 행복한 기억에 대해 떠올리면 특별한 게 없다. 유년 시절 가족과 놀러 갔던 기억, 엄마가 된 후로는 아이가 잠든 후 갖는 나만의 시간, 아이와 함께 낮잠을 자고 일어났을 때의 개운함, 강변에서 흘러가는 강물을 바라보며 느끼던 평온함, 놀이터에서 책을 보는 틈새 시간. 그 모든 순간이 행복을 느끼게 하는 나의 일상이었다.

부모님과 함께 채워 가던 일상을 이제는 나와 아이들이 새롭게 쌓아 간다. 연년생 아들을 키우며 연년생 남매를 키우던 젊은 엄마를 떠올린다. 아이들이 힘든 순간을 마주할 때, 엄마와 함께한 일상의 한 조각을 떠올리면 좋겠다. 그 기억으로 앞으로 헤쳐 나갈 힘을 내면 좋겠다. 내 마음속엔 늘 엄마가 있다. 아이들 마음속에도 늘 따뜻한 엄마의 기억이 자리하고 있기를 바란다.

잠든 너희들을 바라보며

심장이 터질 듯 뛴다. 팔의 털이 곤두선다. 머릿속은 '뭐부터 할까?' 바쁘게 돌아간다. 바로 아이들이 잠든 순간이다. 설레는 마음에 친구에게 문자를 보냈다.

[지금 애들 자! 나 이제 영화 볼 거야! 너무 기분 좋아! 어떡해!]

안타까움이 묻어 있는 친구의 답장이 도착했다.

[어머니……. 좋은 시간 보내세요…….]

첫아이가 돌 전일 땐 새벽까지 청소한 적도 있었다. 아이가 깨끗한 공간에서 지내길 바란 것도 있고 깔끔한 성격을 내려놓지 못해서이기도 했다. 금방 어질러질 텐데도 청소하고 깨끗하게 유지하는 데 시간을 많이 썼다. 기분 좋아지는 것도 잠시다. 어질러진 집을 보고 있으면 허무하다.

아이가 잠들면 밀린 드라마를 보거나 영화나 다큐멘터리를 봤다. 그 생각에 기분이 들떴다가 '이제 그만 보고 나도 좀 잘까.' 할 때 아이가 일어났다. 갑자기 피곤이 몰려온다. 아이가 잘 때 엄마도 함께 자야 한다는 단순한 진리를 실천하기가 어려웠다. 둘째가 태어나면서는 내 시간이 있을 수가 없었다. 수시로 깨는 신생아와 낮과 밤이 뒤바뀐 첫째를 보느라 쪽잠 자는 날이 이어졌다. 그즈음 육아서를 시작으로 책에 빠져 있었다. 잠든 아이 곁에서 핸드폰을 내려놓고 드라마 대신 책을 읽기 시작했다.

남편은 3교대로 돌아가는 근무 중 주간인 주를 제일 힘들어한다. 아침 7시 50분에 나가서 저녁 7시가 되어야 집으로 돌아온다. 저녁 먹고 잠깐 쉬다 보면 금세 잘 시간이다. 온종일 아이들과 보낸 나도, 밖에서 내내 일하다 돌아온 남편도 모두 쉬고 싶은 저녁이다. 그런 엄마 아빠와 상관없이 두 아들은 항상 힘이 넘친다.

아이들이 놀다가 TV를 넘어뜨렸다. TV가 깨진 후 한동안 아무 영상도 틀어 주지 않았다. 남편과 조용히 이야기할 시간, 개인 시간이 더 없어졌다. 잠시라도 내 시간을 가져 보려고 밥 먹은 후 간식을 줘도 책 한 권을 골라서 읽어 달라고 찾아온다.

'아, 엄마 이거 해야 하는데…… 엄마도 조금만 자유 시간을 주지…….'

쉴 새 없이 책 읽어 달라고 들이미는 아이들을 보며 한숨을 내쉰다. '아니다, 아니지. 뭐가 중요한지 잊지 말자. 내가 꿈꿔 온 책 읽어 달라는 모습이잖아…….' 생각을 바꾼다.

두 아이가 자는 시간이 더욱 소중해졌다. 낮잠 시간, 밤에 잠든 시간, 아침에 자는 시간 중 혹여라도 아이들이 인기척에 깰까 봐 쥐 죽은 듯 조용히 다녔다. 핸드폰도 무음 상태로 해 둔다. 그럼 그 시간에 뭘 할까? 책을 읽거나 글을 쓰거나 영화를 본다. 집안일은 아이들이 깨어 있을 때 하는 편이다. 새근새근 잠든 아이들 모습이 사랑스럽다. 그런 의미에서 천사들아, 이제 그만 잠 좀 자 주렴!

매년 최악의 무더위를 기록하더니 2019년의 더위도 만만찮 았다. 더워서 나갈 엄두가 나지 않았다. 침대에 축 늘어져서 선풍기 바람을 쐬고 있었다. 목욕하며 물놀이하던 아이들이 화장실을 빠져나왔다. 윤우가 먼저 나오더니 선우가 뒤따라 나온다. 알몸으로 뒤엉켜 노는 아이들을 바라봤다. 깔깔대며 장난치는 모습을 보고 있으니 미소가 지어진다.

점심을 먹고 설거지를 하고 청소를 했다. 땀이 났다. 실내 온도를 보니 30도다. 에어컨을 켤까 말까 고민만 몇 시간 했다. '아직은 일러. 선풍기로 버텨 보자.' 하다가 결국 켰다. 조금 틀다가 껐지만, 에어컨이 가동된 시간 동안 마음도 누그러졌다.

잠이 오는지 아이들이 조금씩 짜증을 내기 시작한다. 땀 흘리며 청소한 집을 순식간에 어질러 놔서 화가 난 참이었다. 엄마의 기분은 아랑곳하지 않고 계속 장난만 치는 아이들에게 소리쳤다.

"어서 방으로 들어가! 잠이 오면 자!"

"엄마 싫어!"

둘이서 엄마 싫다고 외치곤 안방으로 들어간다. 어질러진 방을 씩씩대며 치우고 있는데 윤우의 울음소리가 들렸다. 울음소리만 들어도 괜찮은 일인지 급박한 일인지 안다. 예사롭지 않은 소리에 달려갔다. 선우가 닫은 문에 윤우 손이 끼였다. 울고 있는 아이를 달래며 선우를 혼냈다. 선우도 놀란 듯 왕왕 울음을 터뜨렸다. 윤우는 울음을 그쳐가며 그대로 잠이 들었다. 선우는 한참을 더 운다.

'선우도 놀랐겠지. 혼내지 말았어야 했는데…….'

왜 이렇게 마음과 행동이 다른지 모르겠다.

"선우도 놀랐지……? 선우도 모르고 그런 건데 엄마가 혼내서 더 놀랐구나……. 엄마가 미안해."

아이를 안고 토닥이며 사과했다. 눈물이 그렁그렁 맺혀 안겨 있던 선우에게 마음이 조금 풀렸는지 물었다. 대답 대신 한마디 한다.

"책 읽어 줘."

다섯 권을 뽑아 온다. 무릎에 앉을 때 보니 씩 웃는다. 다행이다. 책 한 권을 읽고 함께 잠이 들었다. 나는 잠깐 자고 일어났다. 몸은 개운한데 마음이 개운하지 않았다. 선풍기 두 대가 침대에서 자는 윤우와 밑에서 자는 선우를 향해 각각 돌아가고 있었다. 그해 여름, 처음 에어컨을 켠 날이었다. 육아에 있어 여름은 두려운 계절이다.

"엄마~! 윤우가 또 문 잠갔어!"

34개월이던 윤우는 응가를 할 때면 방문을 걸어 잠근다. 소변은 가리지만 대변은 아직 못 가릴 때였다. 주위에서 여태 기저귀를 차냐고 얼른 떼라고 말했지만, 조바심 나지는 않았다.

선우도 40개월이 다 되어서 단번에 가렸다. 한두 번 실수하기는 했지만 자다가도 화장실에 가고 싶으면 일어났다. 팬티가 낯선지 한동안 기저귀를 계속 입기도 했다. 평생 기저귀를 할 것도 아니고 기다려 주면 제 속도대로 나아간다고 믿었다.

네 살 된 윤우가 사춘기가 온 것 같다. 엄마에게 혼나거나 기분이 안 좋은 일이 있으면 문을 잠그고 들어간다. 한 번은 물건을 던지기에 하지 말라고 말했다. 엄마의 하지 말란 소리에 더 방긋방긋 웃으며 행동을 멈추지 않았다.

"이 녀석이 정말! 엄마 화를 더 돋우고 있어! 그만 못해?"

엄마의 큰 소리에 행동을 멈추더니 입술을 쭉 내밀고 안방으로 뛰어 들어간다.

"흥! 엄. 마. 싫. 어!"

쾅. 똑. 문이 세게 닫히는 동시에 문 잠그는 소리가 들린다.

"엄마, 윤우 문 잠갔나 봐."

"놔둬."

함께 거실에 있던 선우가 눈치를 살피며 말을 건다. 책을 보다가 방이 조용하기에 문을 따고 들어갔다. 윤우가 잠들어 있었다. 선풍기도 틀지 않고 이불을 꽁꽁 싸고 있었다. 땀이 흥건한 채 잠이 든 아이를 바라봤다. '그렇게까지 화낼 건 아니었는데…… . 윤우야, 미안해…… .' 천방지축 날뛰던 아이가 잠든 모습은 천사가 따로 없다.

아기 땐 아이 자는 시간이 내 시간이라 마냥 즐거웠다. 아이가 좀 큰 뒤엔 자는 모습을 보며, 깨어 있는 동안 더 잘해 주지 못한 미안한 감정이 올라온다. 선풍기를 틀고 그 옆에 누웠다. 이불 사이로 오동통한 발이 보인다. 만지작만지작하다 발등의 탄 자국을 봤다. 그러고 보니 선우의 발도 내 발도 신발 자국이 나 있다. 그날 남편은 당직 근무라 우리 셋만 있었다. 장마가 밤에 전국적으로 확산된다는 기사를 봤다. 금방이라도 비가 쏟아질 것 같더니 낮 동안은 계속 흐리기만 했다. 아이들이 잠들 때쯤 물방울 떨어지는 소리가 들렸다. 창밖을 보니 비가 오고 있었다. 장마의 시작을 알리는 빗소리와 발등의 탄 자국을 보며 '올해도 우리만의 여름을 새겨 가고 있구나.' 생각한 밤이었다.

5

언제까지나 너를 사랑해

《언제까지나 너를 사랑해》(로버트 먼치, 북뱅크, 2017)란 책이 있다. 책 속의 엄마는 밤마다 아기에게 자장가를 불러 준다.

너를 사랑해 언제까지나 / 너를 사랑해 어떤 일이 닥쳐도 /
내가 살아있는 한 / 너는 늘 나의 귀여운 아기

아기는 자라서 여느 두 살배기처럼 온 집안을 엉망으로 만든다. 사고뭉치인 아홉 살이 되어도, 말 안 듣는 10대가 되어도, 어른이 되어 독립한 후에도 엄마는 잠든 아이를 보며 자장가를 부른다. 아이가 커 갈수록 엄마도 나이가 든다. 힘이 없는 엄마는 아들에게 와달라는 전화를 한다. 밤마다 불러 주던 자장가를 이제 끝까지 부를 수 없을 정도로 기운이 없어진 엄마. 그런 엄마를 안고 아들은 노래를 부른다. 그날 밤 집으로 돌아온 아들은 창밖을 한참 동안 바라본다. 그리곤 자신의 아기를 품에 안고 자장가를 부르면서 책이 끝난다.

아이를 위해 산 건데 내가 더 아끼는 책이 되었다. 아이들 책이 아니라고 거절했었던 편집자가 훗날 작가에게 묻는다. 아이들 책이라고 생각했는데 애리조나 양로원 사회에서 불티나게 팔리고 있는 이유가 무엇이냐고. 저자는 '어른들이 어른들을 위해서 이 책을 산다.'라고 답했다. 그러고 보니 이 책을 처음 읽던 날이 떠오른다. 천방지축 아기의 성장기와 한숨짓는 엄마의 모습에 공감했다. 밤마다 자장가를 불러 주는 엄마의 모습이 따뜻해 미소가 지어졌다. 아기가 아이가 되고 소년이 되고 어른으로 성장했다. 엄마도 젊은 엄마에서 중년을 거쳐 할머니가 되었다. 이 부분이 되면 항상 눈이 빨개진다. 아이가 아닌 친정엄마가 생각나기 때문이다.

'엄마도 나를 이렇게 키웠을 텐데……. 나처럼 엄마도 젊은 엄마였을 텐데 벌써 50대네…….'

책 속 아이가 스무 살이 되면서 엄마 곁을 떠나는 모습이 나와 닮아 있었다. 크면서 내가 속상하게 한 적 없냐고 물어도 엄마는 없다고만 한다. 사춘기도 모르고 지나간 착한 딸로만 기억한다. 힘든 일은 잊고 좋았던 날들만 남게 되는 걸까? 나도 그렇다. 기억이 없는 건지, 기억을 못 하는 건지 엄마에게 서운한 기억이 남아 있지 않다.

　내리사랑이라고 한다. 부모가 자식에게, 자식은 그 자식에게로 사랑이 내려간다. 초등학생 때 엄마에게 물어본 적이 있다.

　"엄마, 엄마는 외할머니가 좋아? 내가 좋아?"

　"우리 딸이 좋지~"

　"외할머니 서운하겠다. 나는 내가 자식을 낳아도 엄마를 더 좋아할 거야!"

　"치. 그때 돼 봐. 안 그래."

　내심 좋으면서도 엄마인 외할머니보다 딸인 내가 더 좋다는 대답에 조금 걱정이 되었다. 세상에서 제일 좋은 엄마가 2순위가 될 수 있을까? 아이들이 내게 외할머니가 좋은지 자신이 더 좋은지 물으면 둘 다 좋다고만 할 것 같다.

　엄마의 친정은 경남 고성이다. 어릴 적 엄마 손을 잡고 시외버스 터미널에 간 기억이 어렴풋이 남아 있다. 터미널 안 매점에는 밀면서 가지고 노는 나비 장난감이 있었다. 그걸 사 달라고 조르면 엄마는 사 줬다. 앞으로 밀 때마다 팔랑거리는 나비 날개를 보며 좋아했다. 지금도 터미널 역에 갈 때마다 어릴 적 생각이 난다. 버스를 타고 여행 가는 것 같아 어린 마음에도 들떴다. 외할머니는 나를 예쁘다 예쁘다 하셨는데 나는 한 번씩 보는 외할머니가 어려웠다. 한번은 친척들이 모인 자리에서 누군가 내게 물었다.

"친할머니가 좋아? 외할머니가 좋아?"

"친할머니요……."

"아이고 녀석도 참. 친할머니는 자주 보니까 그런가 보다."

서운해하던 외할머니의 모습이 아른거린다. 외할머니라고 대답했으면 됐을 텐데 꼭 친할머니가 더 좋다고 대답했어야 했을까.

초등학교 3학년 때, 외할머니는 거동이 거의 안 될 정도로 몸이 안 좋아지셨다. 우리 집에 계시다가 돌아가셨다. 외할머니가 눈을 감던 새벽, 엄마의 흐느낌에 잠이 깼다. 잠은 깼지만, 몸을 움직일 수가 없었다. 누워서 엄마의 우는 소리만 듣고 있었다. 엄마에게 가 보고 싶었다. 하지만 가서 뭐라고 얘기해야 할지, 어떻게 행동해야 할지 몰랐다. 잠시 후 친척 중 누군가가 동생과 나를 깨우고 옷을 입혀 데려갔다. 외할머니댁에서 장례를 치렀다. 엄마가 돌아가신다는 게 어떤 의미인 줄 몰랐다.

외할머니가 돌아가시기 전, 엄마와 나, 외할머니 셋만 집에 있을 때였다. 엄마는 시장에 잠깐 갔다 오겠다고 할머니랑 나만 집에 있으라고 했다. 나는 엄마를 따라가겠다고 했다.

"잠깐 갔다 올 거야. 할머니랑 집에 있어."

"싫어. 엄마랑 갈래. 할머니 무섭단 말이야……."

"할머닌데 뭐가 무서워."

결국 엄마를 따라 시장에 함께 갔었다. 지금 와서 생각해 보면, 엄마를 서운하고 속상하게 하는 말을 많이 했던 것 같다. 어린 마음에 몰라서였다지만 조금만 더 엄마의 마음을 헤아렸다면 어땠을까.

그즈음 돌아가신 친할아버지와도 비슷한 기억이 있다. 호랑이 같은 매서운 인상을 한 할아버지도 지병으로 돌아가셨다. 할아버지 댁에 가도 인사만 하고 방을 나왔다. 할아버지께 우유를 갖다 드리라는 심부름을 받았다. 그때도 엄마에게 말했다.

"할아버지 무서운데……."

"할아버진데 뭐가 무서워."

우유를 가져간 내게 할아버지는 고맙다며 한번 안아 보자고 했다. 쭈뼛쭈뼛 할아버지에게 다가갔다. 잠깐 안겨 있다가 금방 일어섰다.

어느 늦은 밤, 할아버지가 돌아가셨다는 전화를 받고 급히 할아버지 댁으로 갔다. 가는 차 안에서 울먹거리며 이야기하던 부모님의 뒷모습이 생생하다. 뒤이어 고모들이 도착했다. 신발도 채 벗지 못하고 '아이고, 아버지!'를 외쳤다. 그 모습에 나도 눈물이 났다.

돌아가신 할아버지, 할머니와의 기억을 떠올리면 더 잘해드리지 못한 것에 후회가 남는다. 부모님은 오죽하실까. 살아계실 때 잘해야 함을 알면서도 살뜰하게 챙기지 못하는 딸이다.

윤우는 둘째라 그런지 아기 같고 어리게만 보인다.

"아이고, 이뻐라. 윤우야 사랑해~ 엄마는 윤우가 너무 좋아!"

그러면 옆에 있던 선우가 묻는다.

"엄마, 나는 안 좋아?"

"선우? 당연히 좋지! 우리 선우가 최고지! 엄마는 선우가 너무너무 좋아! 사랑해!"

내가 아이에게 불러 주는 자장가는 엄마가 내게, 할머니가 부모님에게 불러 주던 자장가이다. 지금의 나를 있게 한 그 사랑으로 내 아이를 키운다.

내려놓기 연습

"윤우야, 밥 안 먹을 거야?"

"윤우는 그만 먹을래."

"그래, 그만 먹어. 그럼 아이스크림도 없어."

"윤우는 더~ 빨리 먹을게."

한 숟가락이라도 더 먹이려고 아이들과 씨름한다. 억지로 밥 먹이지 않으려고 다짐했건만 밥 먹을 때마다 '밥 먹자, 어서 먹자, 다 먹어야지.' 말하게 된다. 밥 먹으면 뭘 준다는 조건부식 말이 안 좋음을 알면서도 잘 안된다.

어렸을 때, 난 밥 먹기 싫어하는 아이였다. 엄마는 깨작깨

작 먹고 있는 나를 보며 조금만 더 먹으라고 했다. 밥 안 먹는다고 혼나면 화가 나서 맨밥만 억지로 먹었다. 남편도 그랬다고 한다. 마르게 컸던 우리 부부는 밥 먹기 싫어하는 아이 마음을 누구보다 잘 안다.

아이가 밥 안 먹는 이유가 세 가지 있다고 한다. 배가 안 고프거나, 밥이 맛이 없거나, 밥보다 더 재밌는 것이 있거나. 우리 아이들의 경우 배가 안 고플 땐 확실히 안 먹는다. 군것질을 많이 했다 싶으면 배가 고프다 할 때 준다.

반찬이 맛없는 경우는 할 말이 없다. 평소 잘 먹지 못하는 반찬이 나오거나 좋아하는 생선이 올라오는 날이면 두 배로 먹는다. 최대한 건강식으로 만들어 주려고 하지만 요리가 귀찮은 나는 아이들 밥 챙기는 게 어렵다. 그 반찬이 그 반찬이다. 인터넷에 올라오는 풍성한 아이 식판을 보면 미안하다. '매 끼니 이렇게 줄 수 있으면 얼마나 좋을까? 나는 왜 못할까.' 자괴감도 든다. 아토피를 집중적으로 관리하던 시기엔 달걀과 고기가 금지 식품이라 거의 나물 위주의 반찬이었다. 자극적인 음식을 주지 않다 보니 반찬 투정은 없는 편이다.

선우는 밥 먹을 때 항상 책을 본다. 그걸 뭐라 하지는 않는다. 책 보며 천천히 밥을 먹는 것이 우리 집에선 허용된다. 산만하게 돌아다니거나 장난감을 가지고 놀면서 시끄럽게 하는 건

안 된다. 한 번씩 김에 밥만 싸줄 때가 있다. 짭짤한 조미김 맛에 아이들은 잘 먹는다.

띠리링. 밥솥 여는 소리가 들린다. 윤우가 네 살 때, 배가 고프면 블록 통이나 장난감 차를 딛고서 밥솥을 열었다. 숟가락으로 맨밥만 퍼서 먹었다.

"윤우야, 맨밥만 먹으면 어떡해? 배고파? 밥 줄까?"

"아니. 윤우 흰밥만."

배고프니 알아서 밥을 찾아 먹는다. 맨밥만 떠먹는 아이에게 또 미안하다.

아이가 말랐다는 말을 들으면 뜨끔 한다. 잘 좀 먹이라는 말로 들린다. 자격지심인지도 모른다. 한창 성장할 나이에 잘 먹어야 하는 건 당연하지만, 매 끼니 잘 챙겨 먹여야 한다는 마음은 조금 내려놓아도 되지 않을까.

사촌 형들과 놀다 온 날이면 며칠 후유증이 남는다. 평소보다 격해진다. 안 하던 행동을 하기도 한다. 텀블링을 흉내 낸다거나 더 높은 곳에서 점프한다.

"엄마, 이거 봐 봐."

"오오. 잘하는데? 근데 좀 위험한 거 아니야?"

"아냐, 안 위험해. 조심하잖아."

선우가 침대 머리 위로 올라가 이불이 깔린 땅으로 뛰어내린다. 엄마의 시선과 반응에 아이는 싱글벙글이다. 다칠 수 있으니 하지 말라고 하고 싶은데 이 정도는 괜찮다 싶어 지켜본다. 그런 형을 보고 동생이 따라 한다. 침대로 뛰어내리고 구른다. 노는 건 알려 주지 않아도 잘한다. 남편과 나란히 침대에 누워 있었다. 윤우가 침대 머리로 올라갔다. 곧잘 올라가서 앉아 있거나 뛰던 녀석이 그날은 발을 헛디뎠다. 떨어지면서 내 얼굴을 덮쳤다. 머리와 머리가 세게 부딪쳤다. 윤우가 울었다. 무방비 상태여서 더 충격이 컸다.

"아야! 윤우 좀 봐줘요!"

머리를 감싸 쥐고 남편에게 외쳤다. 나는 이렇게 아픈데 윤우는 얼마나 아플까 걱정이 되었다. 걱정도 잠시, 금세 울음을 그치고 다시 논다.

"우리 집만 이런 거 아니겠죠? 아들은 다 이렇게 크는 거죠?"

뻔한 답을 종종 묻곤 한다. 며칠 전 윤우 뒤통수에 얼굴을 부딪친 아픔이 채 가시지도 않았다. 팔, 다리를 봐도 멍든 곳이 한두 곳씩은 있다. 몸으로 놀아 주면 아이들은 흥분 상태다. 좋아서 더 달려든다. 하나도 벅찬데 둘이서 달려드니 감당이 안 된다. 발차기가 인정사정없다. 기권을 던지고 자리를 피한다. 신체 놀이는 남편에게 슬쩍 위임한다. 아빠와 뒹굴며 놀고 있는 방을 빠져나왔다. 남편의 고통스러워하는 소리가 조금 안쓰러 웠지만, 그 방을 일찍 탈출해서 다행이었다. 잠시 뒤 선우의 울음소리가 들린다. '좀 봐주지.' 안 봐도 눈에 선하다.

"흥! 아빠 싫어! 나는 엄마만 좋아!"

"뭐? 아빠가 싫다고! 이 녀석! 간지럽혀야겠다!"

간지럼 공격을 당한 아들은 까르륵 웃으며 자연스레 아빠와 다시 논다. 잠잘 때가 되면 엄마를 찾는다. 아빠가 읽어 주는 책도 좋아하지만 오래 읽어 주질 못한다. 책을 읽다가 남편이 먼저 잠들기 때문이다.

"아빠~ 어서 읽어줘~"

"응? 아, 응."

잠꼬대를 하는 건지 책을 읽는 건지 알 수 없는 말로 읽어 나간다. 손에서 책을 가져가면 바로 드르릉 잠에 빠진다. 아빠와 책 읽던 아이도 내 곁으로 와 다시 책을 본다. 엄마가 모든 것을 다 할 수는 없다. 아빠가 잘할 수 있는 일이 있고 엄마가 잘할 수 있는 일이 있다. 몸으로 놀아 주는 건 남편이 잘하지만, 책 읽어 주는 건 내가 더 자신 있다.

아빠가 잘하는 게 또 하나 있다. 바로 마사지다. 손의 힘 차이도 있지만, 기술 차이도 크다.

"엄마한테 마사지 받을 사람?"

"나는 아빠한테 받을래!"

"윤우도 아빠한테 받을래!"

"왜 아무도 엄마한텐 안 받으려고 해? 흥! 엄마도 아무도 안 해 줄래!"

"현진아, 너도 좀 배워……."

아빠에게 서로 먼저 받겠다고 티격태격한다. 아이들도 마사지 받을 때의 기분 좋음을 안다. 잘하는 사람과 못하는 사람을 기가 막히게 알아채는 것까지! 한 명이 발 마사지를 받다가 잠이 들면 다음 손님을 받는다. 쉴 틈 없이 손님을 받는 남편은 옆에 와서 배우라고 채근한다. 애들이 아빠 손을 더 좋아하는 걸 어쩌겠냐고 응수한다. 아빠를 찾는 일을 더 많이 만들어 주는 것도 긍정적인 내려놓기 아닐까.

남편이 출근 전 창밖을 보며 말했다.

"오늘 날씨 좋네."

파란 하늘에 하얀 구름이 가득 떠 있었다. 뜨거운 해를 구름이 가려 주니 어제보다 덜 덥겠다. 바람도 후덥지근하지 않고 시원하다. 땡볕에도 나가서 잘 놀았는데 오늘은 더 놀기 좋은 날씨다.

"자, 이제 나갈까? 자전거 타러 갈까?"

웬일인지 아이들 반응이 시원찮다. 몇 번이고 나가자, 챙기자, 안 나갈 거냐 해도 꿈쩍 않는다. 안 나가면 나는 좋다. 하지만 몸은 편해도 마음은 불편하다. '내가 놀아야 하는데……. 저 에너지를 밖에서 풀게 데려나가야 하는데…….' 어린이집에 보내지 않으니 외부 활동에 대한 은근한 압박감이 있었다. 아이들은 무조건 나가면 좋은 줄로만 알았는데 아니었다. 밖에서 뛰어노는 것을 좋아하지만 집에서 노는 걸 더 좋아할 때도 있었다. 집 안에 마음을 빼앗길 정도로 재밌는 무언가가 있을 땐 나가지 않으려고 한다. 새로운 DVD, 색칠 놀이, 스티커 북, 장난감이 있을 때다. 그런 모습을 보며 외출에 대한 나의 압박감도 조금 내려놓아야겠다고 생각했다. 아이들이 나가고 싶어 할 때 언제든 나갈 수 있는 마음의 여유만 있다면 충분하다.

괜찮다, 괜찮다, 다 괜찮다

친정집은 800여 세대가 사는 아파트 단지다. 아이들이 많아 우리 아파트보다 훨씬 활기차다. 오후가 되면 놀이터는 아이들로 북적인다. 놀이터가 두 곳 있다. 한 곳은 유아용이라 미끄럼틀도 낮고 크게 위험한 시설도 없다. 다른 동의 놀이터는 큰 아이들 용이라 모든 것이 높다. 미끄럼틀도 높고 위험해 보이는 것도 많다. 선우, 윤우는 여기서 노는 걸 좋아한다.

"엄마~ 큰 놀이터 가자!"

큰 놀이터에 오면 아이들에게 더 눈을 떼지 못한다. 높은 곳에서 떨어질까 봐 조마조마하다. 특히 아이들이 많아질 때면 더하다. 처음 갔을 땐 많은 사람에 당황했는지 내게만 붙어 있었다. 시간이 조금 지나서 하나둘 타 보고 만져 보면서 신나게 뛰어논다.

벤치에 앉아서 놀고 있는 선우, 윤우를 보고 있었다. 초등학교 4학년쯤 되어 보이는 아이가 큰 자전거를 타고 놀이터를 쌩쌩 달리고 있었다. '너무 빠르게 달리네. 조금 살살 타면 좋을 텐데.' 생각하는 순간, 건너편에 있던 선우와 부딪쳤다. 앉아 있던 선우가 공을 잡으려고 일어서는 찰나였다. 울음을 터뜨리는 선우를 향해 뛰어갔다. 다행히 다친 곳은 없었다. 우는 아이만큼이나 나도 놀랐다. 자전거를 탄 아이는 넘어지지는 않았지만, 부딪히면서 조금 아팠는지 '아야!' 하며 인상을 찡그리고 있었다. 괜찮냐는 물음에도 아무 말 없이 가 버렸다. 웃으며 친구에게로 가는 뒷모습을 보니 마음이 이상했다. 그때 다른 데서 놀던 윤우가 다가온다.

"하야(형아) 괜찮아? 아야 해쪄?"

다음날 다시 그 놀이터에서 놀 때였다. 어제의 사고도 있어 가고 싶지 않았다. 작은 놀이터에서 놀다가 큰 놀이터에 가자고 조른다. 이젠 자전거도 조심하겠다 말하는 선우를 보니 안 갈 수가 없었다. 큰 나무 밑에서 나뭇가지로 흙을 파고 노는 아이들이 있었다. 몇 살이냐고 물으니 아홉 살이라고 했다. 선우는 풀, 흙, 나뭇가지 주우며 놀기 좋아한다. 형들이랑 같이 놀면 되겠다고 하니 쭈뼛쭈뼛 다가갔다. 집에서 가져온 긴 나무 막대기가 있었다. 자기 물건을 아끼고 잘 챙기는 선우는 그걸 놀이터 갈 때마다 가지고 나왔다. 옆에 앉아서 흙을 파는 선우에게 큰 아이가 다가와서 말한다.

"그 막대기 줘 봐."

주지 않고 있으니 손에서 뺏어갔다. 선우가 꽥꽥 소리 지르며 울기 시작했다. 놀이터에서 아이들이 놀 때 부모가 개입하지 않는 게 좋다고 책에서 읽었다. 아이들만의 세계가 있고 그 속에서 규칙을 익히고 어울려 가는 거라고 했다. 그 상황을 옆에서 다 보고 있었던 나는 혼란스러웠다. '이럴 땐 어떻게 하지?' 울면서 내게 오는 아이를 달래며 형한테 돌려 달라고 말해 볼 것을 먼저 권했다. 엄마가 말하라고 계속 울기만 한다. 머릿속으론 어떻게 행동하는 게 지혜로운 걸까 계속 생각하는데도 잘 모르겠다. 자신이 가져간 막대기 때문에 바로 옆에서 우는데도 아무렇지 않게 땅을 파며 논다. 아이에게로 다가가 최대한 부드럽게 말했다.

"그 막대기 돌려줄래?"

고개를 절레절레 흔든다.

"동생이 가지고 있던 건데 물어보고 가져간 거야?"

계속 자리를 피하며 땅만 판다. 선우는 돌려주지 않는 막대기에 더 악을 쓰며 울었다. 어른인 내가 말해도 돌려주지 않는 아이 모습에 당황스러웠다.

"막대기. 원래 저기 동생이 가지고 놀던 건데 물어보고 가져가야지? 돌려줄래?"

내 얼굴을 쓱 보던 아이가 막대기를 돌려주고 다른 곳으로 갔다. 그제야 상황이 정리됐다. 식은땀이 났다. 다시 평온하게 노는 선우를 보며 계속 생각했다. '내가 잘한 걸까? 이런 상황엔 개입해야 하는 게 맞나? 옆에서 보고 있던 다른 엄마들은 어떻게 생각할까?' 그때 윤우가 외친다.

"어? 저거 하야(형아) 공인데?"

잠시 내버려 둔 공을 주인 없는 공인 줄 알았나 보다. 초등학교 고학년쯤으로 보이는 남자아이들이 우리 공을 가지고 놀고 있었다. 선우는 되찾은 막대기로 땅 파기에 집중하고 있었다.

"윤우야, 형한테 가서 공 돌려 달라고 말해 볼래?"

조그만 아이가 큰 형들한테 폴짝폴짝 뛰어간다. 가서 뭐라 뭐라 말하며 손으로 이곳을 가리킨다. 못 알아들은 듯하다. 되돌아오는 윤우는 잔뜩 심통이 나서 쿵쿵 걸어온다.

"하야(형아)가 안 줘!"

"윤우가 뭐라 하는지 몰랐나 봐. 다시 한번 가서 얘기해 봐."

다시 가서 큰 형들을 올려다보며 말하고 손짓한다. 웃고 있는 나와 눈이 마주친 아이가 그제야 상황을 이해한 듯 공을 돌려준다. 품에 공을 안고 뛰어오는 윤우의 표정이 밝다. 그러곤 제 형에게 가져다준다.

"하야(형아)! 공!"

이 상황을 모르는 선우는 공을 옆에 놔두더니 계속 흙을 파며 논다. 씩씩한 윤우의 모습을 보면서 든든했다. 이 이야기를 집에 돌아와 가족에게 했다. 남동생이 말한다.

"그러니까 윤우를 잘 키워. 운동을 시키던가. 나중에 선우를 지켜 줄 것 같다니까?"

그러면서 남자의 세계에서 힘이 얼마나 중요한지 경험을 곁들여 일장 연설을 늘어놓는다. 속해 보지 않은 세계지만 말만 들어도 맨몸으로 정글 속에 던져진 느낌이다. 놀이터의 상황만 봐도 그렇다. 일상의 이벤트 같은 이런 일이 앞으로 얼마나 많을 것인가? 그럴 때마다 나는 어떻게 행동하고, 아이 마음을 어떻게 돌봐 줄 것인가 하는 질문이 꼬리에 꼬리를 문다. 머리가 지끈거린다.

양손에 아이들 손을 하나씩 잡고 우유를 사러 갔다. 아파트 단지에서 만난 할머니가 말을 거셨다.

"누가 형인고? 야(애)가 형인가 보네? 연년생인가?"

"네."

"아이고. 우째 키웠대? 어른들이 키워 줬는가?"

"아⋯⋯. 아니요."

"고생이 많았겠네."

아주머니의 말에 웃음으로 답했다. 24시간을 온전히 나와 함께해 오고 있는 아이들을 바라봤다. 연년생 키운다고 고생 많다는 어른들의 말을 들으면 울컥 북받쳐 오를 때가 있다. 아이를 키워 본 마음으로, 젊은 새댁이 고생이 많다고 말해 주는 진심이 전해져서이다.

아이들 손을 잡고 흙 놀이터에 갔다. 둘이서 잘 놀더니 갑자기 선우가 소리를 지른다.

"내 거야~!"

놀이터에서 발견한 나무 막대기가 원인이었다. 형은 울고, 동생은 놀고 있다. 점점 고집이 세지는 윤우와 그런 동생 앞에서 잘 우는 선우를 보니 걱정이 된다. 선우는 감정이 섬세해서 조심스럽다. 윤우는 이래도 괜찮고 저래도 괜찮아하는 무던한 스타일이다. 동생이 가져간 나무 막대기가 돌아오자 다시 평온해졌다. 다시 모래를 가지고 놀기 시작한다. 그렇게 말하면 안 되는 걸 알면서도 기어이 선우에게 말하고야 만다.

"선우야, 동생이랑 같이 쓰는 거지. 선우만 쓰는 게 아니라. 선우 어떡하냐? 조금만 안 좋아도 소리 꽥 지르고 울어서……. 친구들이 같이 안 놀고 싶어 하겠다."

"친구 없어도 되지."

"친구가 왜 없어도 돼? 친구가 있어야 같이 놀지."

"엄마가 놀아 줄 수 있잖아. 친구처럼……."

"……."

아이 마음을 잘 이해하고 공감해 주고 싶은데 안 될 때가 더 많다. 머리로는 알면서 표정과 말은 다르게 반응한다. 아이들이 자라서 부모보다 친구가 더 좋을 날이 올 텐데 그날이 오면 오늘 한 말을 나는 기억할까? 언제든 힘든 것, 속상한 것, 슬픈 것 다 털어놓을 수 있는 친구 같은 엄마가 되고 싶다.

육아가 어렵고 힘들어서 책에 많이 의지해 왔다. '아, 이런 행동은 하면 안 되는구나. 이런 말은 하면 안 되는구나.' 울며 반성해도 금방 잊어버린다. 다시 읽으면서 쓰고 기억하고 실천하려고 애쓴다. 아이와 함께 크고 작은 문제를 겪어나간다. 어떻게 할지 몰라 당황스럽고 의기소침해지고 못난 엄마라는 자괴감이 들 때면 내게 말해 주고 싶다. 괜찮다, 괜찮다, 다 괜찮다. 그러면서 나도 엄마 나이를 먹어 간다.

8

아이들이 커 가는 시간

아들에게 사랑 고백을 하면 엄마뿐만 아니라 자신이 아는 사람들이 줄줄이 따라 나온다.

"선우야, 엄마는 선우 사랑해!"

"나도 엄마, 아빠, 윤우, 할머니, 할아버지, 지후 형아, 지성이 형아, 연아 모두 모두 좋아해. 고모도 좋아!"

"윤우야, 엄마는 윤우 사랑해!"

"나도 엄마, 아빠, 하야(형아), 좋아."

사랑의 그릇이 어른보다 아이가 더 큰지도 모르겠다. 첫째가 27개월일 때 아이의 말을 기록해 둔 것이 있다. 블록 놀이를 하면서 자신이 쌓은 블록에 감탄해 외친다.

"와, 멋있다!", "예쁘다.", "귀엽다."

아빠가 야간 근무하고 와서 자고 있을 땐 "아빠 잔다.", "아빠 피곤하다.", "아빠 일하러 갔다."라는 말을 했다. 병원에서 3교대 근무를 하고 매번 녹초가 되어 돌아왔다. 머리만 닿으면 잠에 빠지는 아빠를 보며 피곤한 것도 아는 아이였다.

"아빠 진짜 좋아!"

아빠 마중 나가자는 말에 신나서 외친다. 놀다가도 아빠가 생각나거나 기분이 좋을 땐 메들리로 말한다. 아빠가 좋아서 한 말일 텐데 엄마와 동생까지 덤으로 따라 들어간다.

"아빠 진짜 좋아.", "엄마 진짜 좋아.", "아가 진짜 좋아." 적어 두지 않았더라면 잊어버렸을 아이의 말이다.

사진으로 보면 아이 크는 모습이 잘 보인다. 한 달이라는 시간 안에서도 다른데 1년, 2년, 3년 전 사진은 더 다르다. 아기 때 모습을 보면 복잡한 감정이 밀려든다. 힘들었던 것보다 '우리 아가들 참 예쁘네. 이 예쁜 모습을 다시는 볼 수 없네.' 하는 아쉬움이 크게 일어난다. 지금의 둘째보다 어렸던 첫째의 모습을 보면 아기일 때도 의젓한 모습이 있다. 동생에게 하는 말과 행동이 듬직한 형이다.

"정리하는 거 너무 재밌다!"

선우는 정리를 좋아한다. 윤우는 시늉만 잠깐 하고 놀기 바쁘다. 아이들의 모습을 기록해 둔 블로그를 보면 두 아이의 다른 점에 놀라곤 한다. 첫째가 28개월 때 스스로 즐겁게 정리하는 모습이 있다. 책이 하도 널브러져 있어 책꽂이에 꽂으려고 하면 소리를 듣고 쫓아와 말한다.

"엄마, 하지 마. 선우, 책 좋은데…… 정리하지 마."

"그래. 안 할게."

"선우가 할게."

도와주려 했더니 그것도 하지 말라 한다.

한 번씩 집이 엉망인 사진을 찍는다. 우리 집이 평생 이 모습일 것도 아니고 엉망이 된 모습도 몇 년뿐일 테니 기념으로 찍어 둔다. 그 사진도 그때뿐이었다. 지금은 사진으로 찍어 둘 정도로 어지르지도 않을뿐더러 틈틈이 치운다. 아이들이 어릴 때야 정신없이 하루가 지나갔지만, 지금은 청소 시간을 따로 배치해 둔다. 책장에 있는 책들은 거실에 다 쏟아져 나와 있고 부엌에는 단어 카드로 발 디딜 틈이 없었다.

친정 부모님께서 우리 집에 오기로 한 날이었다. 이제 치워 볼까 하는데 딩동, 벨이 울렸다. 문을 열고 들어온 부모님께서 집 상태를 보고 깜짝 놀라셨다. 친정엄마는 아기 키운다고 다 이렇게 해 놓고 살진 않는다며 오자마자 걸레를 들고 치우셨다.

윤우와 침대에 누워 있다가 잠이 들었다. 잠결에 놀이방에서 우당탕하는 소리가 들렸다.

"선우야, 뭐해?"

"내 방 정리하고 있어."

"치우지 말고 너도 쉬어. 조금 있다가 같이 치우자."

"아니야. 정리하는 거 재밌어."

청소한 후의 뿌듯함, 쾌적함을 아이도 느끼는지 깨끗해졌다며 좋아한다. 여섯 살이 되니 말하지 않아도 먼저 정리해야겠다며 방을 치운다.

둘째 임신을 확인하던 날, 엄마를 보며 방긋방긋 웃는 선우와 눈이 마주쳤다. 눈물이 났다. 너무 일찍 동생이 생겨서 미안하다고, 너랑 하고 싶은 게 많았는데 벌써 큰아이로 만들어서 미안하다고 울었다. 그 미안함도 잠시 둘째가 기다려지기 시작했다. 동생이 생기면 샘을 많이 낸다는데 터울이 짧아서 그런지 샘내는 것도 모르고 키웠다. 첫째에게 흘러넘칠 정도로 많은 사랑을 주면 그 사랑이 동생에게 간다는 말을 믿었다. 연년생은 친구처럼 커서 좋다고 한다. 그 말을 다섯, 여섯 살 돼서야 실감했다. 둘 다 어릴 땐, 둘 보는 게 벅차서 그 말도 귀에 들어

오지 않았다.

동생이 제 나이를 형 나이와 같이 여긴다는 말도 마찬가지다. 아이들이 네 살, 다섯 살 때 밖에서 풀을 뜯으며 놀고 있었다. 아파트에 쓰레기차가 들어오면 아이들은 단번에 알고 창문으로 뛰어간다. 쓰레기차가 후진할 때 삑삑 소리를 낸다. 매번 창문으로만 보던 쓰레기차를 눈앞에서 본 날이었다. 아이들은 신기해 넋을 잃고 바라봤다. 아저씨들은 아이들이 귀엽다고 연신 웃으며 손을 흔들어 주셨다. 두 분이 쓰레기를 수거하는 동안 운전석에 있던 아저씨가 물었다.

"넌 몇 살이야?"

"다섯 살!"

"동생은 몇 살이야?"

"다섯 살."

"다섯 살 아니잖아. 네 살이잖아!"

첫째는 세 살, 네 살, 다섯 살 하며 자기 나이를 정확하게 말했는데 어떻게 된 건지 둘째는 나이를 물으면 답하지 않았다. 모르는 건가 싶다가도 형 나이를 따라 말하는 걸 보니 형과 같다고 생각하는지도 모르겠다.

할머니가 되어 삶을 돌아봤을 때, 아이를 키우는 이 시기가 내 인생의 황금기였을 것 같다. 아이들을 데리고 산책하는 모습을 보며 지나가던 할머니들이 말한다.

"아이고 귀여워라. 애 키울 때가 제일 좋은 때야."

친정엄마도 똑같이 말한다. 체력적으로 너무 힘들어서 우리가 빨리 크면 좋겠다 싶었는데 지나고 보니 그때가 제일 좋았을 때였다고 한다. 어떤 분은 이렇게 덧붙이기도 했다.

"애 다 키우고 나니까 재밌는 일도 없더라."

아이 키우는 게 여자 인생의 전부는 아니지만, 큰 의미가 있는 일임은 분명하다. 엄마가 되기 전과 후의 나는 전혀 다른 삶을 살고 있기 때문이다. '나'라는 좁은 우물 안에서만 지내다가 '육아'라는 큰 세상 밖으로 나왔다. 아이를 키우는 시간 속에 내 인생도 들어 있다. 각자의 인생이지만 그 인생 속에는 부모와 자식과의 관계가, 우리의 시간이 녹아 있다.

9

아들 셋 엄마 하나

선우가 25개월일 때, 놀이터에서 그네를 밀어줬다. 떨어질까 봐 조심스럽게 밀어주고 있었다. 유모차에서 자고 있던 윤우가 일어났다. 챙겨 온 분유를 한 통 타서 먹이는 동안 남편이 선우 그네를 밀어줬다. 날아갈 것 같은 그네를 보며 깜짝 놀랐다.

"너무 세게 미는 거 아니에요? 그러다 떨어질라!"

"괜찮아. 떨어지면 또 어때?"

아빠가 세게 밀어주는 그네가 재밌는지 선우는 함박웃음이다. 여기서 조마조마한 건 나뿐이다.

'아, 아빠는 다르구나.'

전날 비가 왔던 터라 미끄럼틀에 물이 고여 있었다. 거기에 흙을 담고 논다. 아이가 미끄럼틀로 올라가 타려고 한다. 3초 뒤의 모습을 상상하며 다급히 말했다.

"선우야! 옷 다 젖어! 밑에 물이랑 흙 있잖아."

"괜찮아. 애들은 이렇게 노는 거지."

아빠가 나서서 그대로 미끄럼틀을 태워 버린다. 축축이 젖은 엉덩이를 보며 한숨 내쉬는 사람은 나뿐이다.

'아, 아빠는 다르구나.'

놀러 간 곳에 분수대가 있었다. 아이, 어른 할 것 없이 흠뻑 젖은 채 놀고 있다. 아이들은 겁이 나는지 선뜻 분수대로 뛰어들지 않았다. 엄마, 아빠 바지만 잡고 구경하더니 자기들끼리 놀기 시작했다. 남편은 우리도 앉아서 좀 쉬자고 했다. 벤치에 앉았지만, 아이들에게서 눈을 뗄 수가 없다. 사람 많은 곳에 가면 혹시나 하는 마음에 긴장한다. 그런 내게 쉽게 안 잃어버린다고, 괜찮다고, 눈 좀 떼고 쉬라고 한다. '남편은 어쩜 이렇게 태평할까?' 그 순간 아이들이 보이지 않았다. 심장이 두근두근 튀어나올 것 같다. 안절부절못하며 아이 이름을 불렀다. 남편은 어딘가 있다며 기다려 보라 한다. 우리와 멀지 않은 곳에 있던 아이들이 다가온다. 여기서 불안한 사람은 나뿐이다.

'아, 아빠는 다르구나.'

네 살, 다섯 살 아들과 자전거를 타러 나왔다. 선우는 혼자서 잘 타지만 윤우는 뒤를 잡아줘야 했다. 여느 날처럼 뒤를 잡고 밀어주려는데 윤우가 외친다.

"엄마 잡지 마. 윤우 혼자 탈 거야."

"어? 혼자 탈 수 있어?"

손을 놓았더니 페달을 밟고 앞으로 나아간다. 깜짝 놀랐다. '3일 전만 해도 뒤를 잡아줘야 했는데 언제 이렇게 는 거지?' 퇴근한 남편이 오자마자 말했다.

"윤우가 혼자 자전거를 타요!"

"응. 어제 혼자 타게 훈련 시켰어."

어제라 하면 글쓰기 수업 들으러 간다고 집을 비웠을 때다. 혼자 타기엔 아직 어리다고 생각했다. 늘 잡아 주며 태웠는데…….

'아, 역시 아빠는 다르다!'

어느 날, 남편이 유튜브에서 봤다며 아이들에게 말할 때 머리를 잡고 눈을 보며 말했다. 아들은 이렇게 눈을 보며 말해야 머릿속으로 바로 각인이 된다고 했다. 공감과 호응을 해 주며 대답을 받아 냈다. 그 모습이 코미디의 한 장면 같았다. 남편은 핸드폰을 보거나 다른 일을 할 때 옆에서 말하면 한참 있다가 대답을 한다. 건성으로 답할 때가 대부분이다. 그마저도 자신이 무슨 말을 했는지 까먹기 일쑤다. 신혼 때였다면 서운했을 일이다. '나를 무시하나?' 생각했을 수도 있다. 지금은 안다. '아, 저거 보느라 지금 내 말이 잘 안 들리는구나. 남자는 하나에만 집중한다고 했지?' 남편이 아이에게 했듯이 나도 똑같이 따라 해 봤다. 머리를 잡고 눈을 맞춘 채 또박또박 말했다.

"나도 이제 말할 때 이렇게 머리를 잡고 두 눈을 보면서 얘기해야겠어요. 머릿속에 각인되게 말할 테니 기억 안 난다고 하지 말고 잘 들어요."

"아아~ 하지 마~ 애들이 이런 기분이었구나!"

둘이서 한참을 웃었다.

외출할 일이 있으면 남편에게 미리 부탁한다. 꺼내 먹기 좋은 반찬을 몇 가지 만들고 청소도 깨끗이 해 놓고 나간다. 돌아오면 청소 전보다 더 엉망이다.

'음. 남자는 멀티 플레이가 안 된다더니 진짜 애만 봤군.'

'아, 아빠는 역시 다르구나……'

그래도 남편 덕분에 잘 다녀왔으니 말을 아낀다. 그저 아이들이랑 뭐 하면서 지냈는지 물으며 치울 뿐이다. 나보다 아이를 더 자유롭게 보는 남편은 별로 힘든 게 없었다고, 잘 있었다고 말한다. 어떨 땐, 아이들과 있으면서 나의 고충을 알아주길 바랐다. '어때? 애 보기 힘들지?' 하는 마음이 들 때가 있었지만 의외로 남편은 아이들을 잘 봤다. 그것도 나보다 스트레스를 덜 받으면서 말이다. 왜일까?

이해할 수 없는 아들의 행동에 스트레스 받을 때, 남편은 이해할 필요도 없이 공감했다. 같은 남자니까, 자기도 그랬던 적이 있으니까 자연스러웠다.

아들의 사춘기가 조금은 두렵지만, 남편을 보면 큰 걱정이 안 된다. 아빠와의 관계가 돈독하면 엄마에게 털어놓지 못할 이야기도 친구처럼 할 수 있을 것이다. 남편은 '아이가 어릴 때, 엄하게 가르쳐야 한다.'라는 생각을 하고 있었다. 버릇 나쁘지 않게, 예의에 어긋나는 행동을 하지 않게 어릴 때 바로잡아야 한다고 생각했었다. 나는 책을 읽다가 새롭게 알게 된 내용이나 중요한 내용이 있으면 남편에게 말한다. 그러면서 우리는 어떻게 아이를 키울지에 관한 이야기를 많이 나누었다. 그 과정에서 아이 연령대의 발달 사항을 알게 됐고, 연령별 행동에 대해서도 이해하게 됐다. 버릇없는 게 아니라 그 시기엔 원래 그런 것임을 알고 이해하려고 했다. 자칫하면 무서운 아빠로 아이와 거리감이 생길 수도 있었는데 그렇게 되지 않게 해 줘서 고맙다고 했다. 나는 육아서를 읽고 아이에게 적용해 보려고 애를 썼지만, 정작 듣기만 하는 남편이 아이들에게 더 잘한다.

아들이랑 곤충도 덥석덥석 잡으면서 관찰도 하고 만져도 보면 좋을 텐데, 나는 무서워하는 게 워낙 많다. 벌레, 새, 고양이 등 나보다 훨씬 작고 약한 존재인데도 가까이 오면 얼어 버린다. 아이들과 놀이터에 갔다가 죽은 새를 봤다. "으악!" 비명을 지르며 황급히 자리를 떴다. 책에서 본 어떤 부모는 죽은 동물도 만져 보고 관찰하면서 자연을 알아 가게 한다는데 내겐 불가능한 일이다. 이 이야길 했더니 남편이 웃으며 말한다.

"어이구. 상상이 간다. 아들 둘이라 다행이다. 나중에 크면 엄마를 든든하게 지켜 주겠네!"

남편이 야간 근무 때 아이들과 있던 밤이었다. 물 마시려고 부엌에 불을 켰다. 시커먼 게 후다닥 지나갔다. 나도 모르게 아악 비명을 질렀다. 이사 올 때 리모델링도 깔끔하게 했었기에 '그것'을 볼 거라곤 생각도 하지 못했다. 이틀 전, 아파트에서 전체적으로 방역을 했었다. 그러면 더 안 나와야 하는 게 아닌가.

어떻게 들어왔을까? 밖에서 들어온 걸까? 하수구에서 올라온
걸까? 남편에게 전화했다. 잡아야 하는데 잡지를 못하니 눈물
이 났다.

"왜 울어? 애들한테 잡아 달라고 해. 신문지 주고 윤우한테
잡으라고 해. 윤우 잘 잡을걸?"

울고 있는 엄마 옆에서 두 아들이 멀뚱멀뚱 서 있었다. 그게
말이 된단 말인가. 어쩔 수 없는 걸 알면서도 남편에게 전화를
건 거였다. 그날 밤 끝내 잡지 못하고 두려움에 떨며 잠을 잤다.
다음 날, 남편이 퇴근하면서 벌레 약을 사 왔다. 이틀 뒤 내가
잡지 못한 그 녀석이 죽은 채 발견되었다. 엄마가 되어도 여전
히 바퀴벌레는 징그럽다.

선우가 여섯 살 때, 책을 보다가 갑자기 다가와 말한다.

"난 커서 엄마랑 결혼할 거야."

"엄마는 아빠랑 결혼했는데?"

"음…… 그래도 엄마랑 결혼할 거야."

"그래!"

다음 날, 선우와 동갑내기 조카인 연아가 놀러 왔다. 셋이서
재밌게 놀다가 선우가 와서 말한다.

"엄마, 연아가 나랑 결혼하재."

"선우는 엄마랑 결혼한다며?"

"음…… 마음이 바뀌었어."

"뭐?! 어제 엄마랑 결혼한다고 해 놓고선!"

이럴 수가! 엄마랑 결혼한다고 할 땐 언제고! 그리고 며칠 뒤, 다시 엄마랑 결혼할 거라고 말한다.

윤우가 이불을 들고 우리 침대로 온다. 남편은 선우를 재우다 밑에서 잠이 들었다.

"윤우야, 왜 침대에서 자꾸 자는 거야?"

"바닥은 너무 춥고 딱딱해."

"보일러 틀어서 따뜻한데?"

"엄마랑 자는 게 좋아서 그런 거야."

"그래? 그럼 엄마랑 자야지."

남자만 셋인 집에 여자 혼자만 있으면, 세 남자의 사랑을 독차지한다. 엄마가, 아내가 제일 좋다는 세 남자와 살아가고 있다.

10

엄마, 선물이야

생활하는 곳곳에 아이의 선물이 도착한다.

출근하려는 아빠를 선우가 급히 붙잡는다. 좋아하는 장난
감 자동차 하나를 아빠 가방에 넣어 준다.

"이거 아빠 선물이야. 잃어버리면 안 돼."

다음 날 아빠가 돌아오면 자기가 준 선물을 잘 가지고 있는
지 묻는다. 매일 다른 장난감을 넣어 준다.

어떤 날은 자신이 그린 그림을 모아 박스에 담는다. 택배가
온 것처럼 신발장 앞에 놓아둔다.

"아빠, 택배 왔쩌요!"

집 앞 공원에 산책하러 나갔다. 초록색이던 공원이 빨갛게 노랗게 옷을 갈아입었다. 쌀쌀해진 날씨지만 가을 햇살만큼은 뜨겁다. 킥보드를 가지고 나온 아이들은 나보다 앞서간다. 선우가 허리를 숙여 뭔가를 줍더니 뒤돌아온다.

"엄마! 선물이야."

고양이 모양의 장난감 반지였다.

"오. 반지네? 엄마 손가락에 들어가려나 모르겠다."

다행히 새끼손가락에 들어갔다. 빼지 말라는 다짐도 받아 둔다. 장난감 반지를 언제 껴 봤더라. 초등학교 저학년 때까지 문구점 앞에서 반지 뽑기를 하고 사탕 반지도 사 먹었다. 플라스틱에 박혀 있는 반짝이는 큐빅이 그땐 예뻐 보였다. 아들이 주워 준 반지에는 큐빅은 없지만 작은 고양이가 웃고 있는 게 귀여웠다. 아무것도 아닌 반지가 아들이 줬다는 사실 하나만으로 의미가 생겼다.

잔디밭 여기저기 토끼풀이 널려 있다. 반지 만들어 준 기억이 나는지 윤우가 토끼풀을 꺾어 와 손가락에 해 달라고 한다. 선우는 가는 길마다 하나씩 뽑아와 엄마 손가락 5개에 다 묶어 준다. 길 가다 주운 장난감 반지와 잔디밭에서 뜯은 꽃반지로 내 손이 가득 찼다. 이런 건 딸이 있어야 하는 건 줄 알았는데 아들만 있어도 할 수 있는 거구나.

아이들은 길을 가다가도 이것저것 많이 줍는다. 반짝거리는 큐빅, 손톱만 한 레고 조각, 낡은 부메랑, 탱탱볼을 주워 호주 머니에 챙긴다. 학교 앞 문구점 앞을 지나갈 때면 눈이 번뜩인다. 뽑기를 하고 버려진 빈 통과 떨어져 있는 카드를 줍기도 한다. 보물이라고 좋아한다. 윤우는 보물 찾으러 나가자고, 밖에는 보물이 많다고 말한다. 작은 것에도 기뻐하고 행복해하는 아이들을 보면 나도 기분이 좋아진다.

"엄마, 엄마! 선물이야."

색종이로 봉투까지 만들어 건네준다. 테이프를 뜯고 봉투를 여니 종이가 꼬깃꼬깃 접혀 있다. 색칠한 그림이 들어 있었다. 한글을 조금씩 쓸 줄 알고부터는 엄마와 자기 이름을 써 놓는다.

"우아! 예쁘다! 이거 엄마 주는 거야?"

"응! 엄마 주려고 내가 색칠했지!"

좋아하는 엄마를 보며 아이 얼굴에 뿌듯함이 서린다.

아이의 선물은 세상 곳곳에 도착한다.

아이들 둘 다 치아는 가지런한데 차이점이 있다. 선우는 다 닥다닥 붙어 있고, 윤우는 듬성듬성 떨어져 있다. 양치질은 선우가 더 열심히 하는데 충치는 윤우보다 잘 생긴다. 선우가 다섯 살이던 여름, 밥 먹을 때마다 아파해서 치과에 갔다. 신경치료를 할 만큼 이가 많이 썩어 있었다. 그즈음 유아 수면 마취 사고가 있었다. 마취 없이 치료받을 수밖에 없었다. 어른이 마취해도 아픈데 아이는 얼마나 아팠을까. 소리를 지르고 버둥거리는 아이를 부여잡던 그 여름의 기억을 다시는 떠올리고 싶지 않다. 이가 붙어 있어 음식물도 더 잘 끼었기에 치실 사용이 필수였다. 그걸 몰랐다. 그날 이후 선우도 더 열심히 양치질하고 더 꼼꼼히 치실로 검사를 한다.

1년 뒤, 충치가 어금니를 조금 파먹은 걸 발견했다. 더 심해지기 전에 치과에 가기로 했다. 선우에게 충치 세균 책도 읽어주고, 아프기 전에 치료받으면 치료받는 것도 조금밖에 아프지 않다고 얘기했다. 선우는 무서워했지만 덜 아플 수 있다는 말에 치과에 가기로 한다.

다음 날 두 아이를 데리고 치과 갈 준비를 했다. 선우는 기다리는 동안 색칠할 종이와 색연필을 챙겼다. 윤우는 블록 다섯 개를 챙겨 갔다. 월요일 오전이라 기다리는 사람이 많았다. 전날 밤잠을 설칠 정도로 떨렸다. 이가 많이 썩지 않았기를, 치료가 아프지 않기를 바라며 태연한 척 앉아 있었다. 오히려 아이들이 더 차분했다. 소파에서 색칠에 열중하던 선우가 선생님에게 선물로 주고 싶다고 했다. 처음엔 계산대에 앉아 있던 치위생사 이모에게 주고 싶다기에 직접 주고 오라고 했다. 부끄러워하며 엄마가 주고 오라 한다. 엄마가 가지 않으니 계산대 위에 올려만 놓고 뛰어서 돌아왔다. 바쁘게 업무를 보고 있던 치위생사 선생님은 그 종이를 보지 못했다. 한동안 그림은 계산대 위에 그대로 올려져 있었다. 선우가 다시 가져와서 조금 더 색칠한다. 그때 아이 이름을 불렀다. 종이를 챙겨 가기에 이번엔 내가 말했다.

"이거 아이가 선생님 드리고 싶대요."

안내해 준 치위생사 선생님에게 준 건데 치위생사 선생님은 원장님에게 주는 줄 알았나 보다. 치료하러 온 원장님에게 아이 그림을 전달해 준다.

"허허허. 고마워."

다행히 충치는 심하지 않았다. 선우도 잘 참으며 치료받았다. 다음 날 다시 진료 의자에 누웠다. 기다리는 동안 선우가 묻는다.

"엄마, 내가 준 그림 어디 있어?"

속으로 그게 아직 있을까 싶어 할 말을 찾고 있는데 뒤편에

원장실이 있었다. 거울 밑에 선우 그림이 올려져 있는 게 보였다.

"선우야, 저기 있다! 선우 그림, 선생님이 챙겨 뒀네!"

고개를 돌려 자기 그림이 올려진 책상을 보고 웃는다. 아이의 그림을 올려놔 준 선생님에게 고마웠다.

선우가 네 살 때 서점에서 고른 책이 있다. 읽어 달라며 가져왔는데 그림과 내용이 따뜻했다. 책 속의 남자아이도 선우 또래로 보였다.

책 속 아이는 매일 아침 엄마 자전거를 타고 어린이집에 간다. 일하러 가는 엄마와 헤어지기 싫어 울었다. 어느 날 어린이집 마당에서 '좋은 것'을 주웠다. 데리러 온 엄마에게 선물이라며 건넸다. 감 열매였다. 엄마는 환하게 웃었다. 어린이집 주위에 떨어진 작은 나무 열매, 예쁜 이파리, 공원의 도토리를 보며 엄마를 떠올렸다. 선물을 줄 때마다 엄마의 웃는 얼굴이 좋아 매일 선물 주는 시간을 기다렸다. 감은 금세 갈색으로 변해 버려서 발견할 때마다 몇 번이고 주웠다. 그러면서 아침마다 엄마와 헤어지는 게 조금씩 적응되어 갔다. 집에는 아이가 준 재밌는 선물이 모여 갔다. 아주 신기한 것을 찾아낸 날, 엄마가 일이 생겨 늦게 데리러 왔다. 친구들은 모두 집으로 돌아가고 원장 선생님과 아이 혼자만 남아 있었다. 엄마는 늦어서 미안해하며 뛰어 들어왔다. 아이는 엄마를 보자 활짝 웃으며 사물함에서 무언가를 소중히 꺼내 왔다. 처음 발견한 저녁노을 빛깔의 감이었다. 엄마가 아이를 꼭 안아 주는 그림으로 책이 끝난다.

"이 책 살까?"

"응!"

아이 그림책 중 내가 더 아끼고 좋아하는 책들이 있다. 《엄마, 선물이에요》(사사키 미오, 미운오리새끼, 2016)는 그런 책 중 하나다. 매일 선물을 주우며 엄마를 기다리는 아이 마음이 느껴진다. 무엇보다 선우 생각이 많이 났다. 윤우는 아기 띠로 업고, 선우는 손잡고 아장아장 걷던 산책길. 그때도 선물이라며 엄마에게 길에서 주운 예쁜 나뭇잎, 도토리를 주곤 했다.

책의 본 내용이 시작되기 전 앞표지와 이야기가 끝나는 뒤표지에 네 컷의 그림이 그려져 있다. 앞에는 엄마가 아이를 배 속에 품고 있는 모습, 태어난 아기를 안고 웃는 모습, 같이 책을 읽는 모습, 엄마 등에 업혀 잠든 아기 모습이다. 뒷부분에는 어린이집 입학식, 운동회 하는 모습, 아이가 친구들과 찍은 사진, 환하게 웃고 있는 모습이 실려 있다. 이 한 권의 책에 아이가 태어나기 전, 아기 때 모습, 어린이집 적응 과정이 다 담겨 있다.

책을 보던 눈길을 아이에게로 돌린다. 엄마에게 좋은 것을 주고 싶은 아이의 마음, 엄마에게는 그 마음이 선물이다.

제4장

아들과 엄마가
함께 노는 법

블로그를 시작하다

고등학교 2학년 때 중국으로 수학여행을 갔다. 처음으로 비행기를 타고 가는 해외여행이었다. 수학여행을 기념해서 최신형 디지털카메라도 샀다. 친구들 사진과 낯선 중국의 풍경을 많이 찍었다. 건물도, 문화재도 우리나라와는 비교도 되지 않게 컸다. 거기다 사람은 얼마나 많은지! 가이드를 따라 여기저기 구경하느라 이동하는 버스에선 곯아떨어지기 일쑤였다. 저녁을 먹고 호텔로 돌아오면 친구들과 수다를 떨며 자기 전까지 정신없이 놀았다. 3박 4일의 수학여행이 금세 지나갔다.

학교로 돌아오니 기행문을 제출하라고 했다. 기억 속 중국은 모든 게 거대하다는 이미지밖에 남아 있지 않았다. 기행문을 어떻게 쓸지 막막했다. 인터넷에 중국을 검색했다. 중국에 관한 다양한 글이 떴다. 블로그에 올린 중국 여행기를 읽었다. 글쓴이는 20대 여성이었다. 중국 여행기보다 그 사람의 일상 이야기가 더 재밌었다. 곧 스무 살을 앞두고 있었기에 20대 여성의 일상은 어떤 걸까 궁금하고 설렜다. 다른 사람의 일상을 보는 게 활력소가 될 만큼 재밌을 줄 몰랐다. 나도 블로그를 만들어야겠다고 생각했다.

수능을 친 뒤 큰 산 하나 넘었다는 안도감을 안고 집으로 돌아왔다. 수고했다 말하는 가족과 따뜻한 저녁 한 끼를 배불리 먹었다. 그러고는 '수능 끝나면 할 일' 목록 중 1순위였던 블로그를 시작했다. 그날부터 지금까지 일상에 대한 기록을 이어 오고 있다. 그 시간이 어느새 10년이다.

10년 전만 해도 간호사에 관한 책을 찾아보기가 힘들었다. 있더라도 나온 지 오래된 옛날 책뿐이었다. 현장에서는 어떨까? 구체적으로 어떤 일을 하게 되는 걸까? 일하면서 느끼는 보람은 어떤 걸까? 궁금한 게 많았다. 지금은 서점에 가면 간호사가 직접 쓴 책이 많다. 생생한 현장 경험이 담겨 있다. '내가 학생 때 찾던 글이 바로 이런 건데! 그때 이런 책이 있었더라면 얼마나 좋았을까.' 하고 생각한다. 막연히 상상만 하던 것과 현장에서의 간호사 모습은 차이가 컸다. 학생 간호사로서 실습하는 것과 신규 간호사로서 일하는 것은 또 달랐다. 이상과 현실 사이의 간극을 줄이는 데 책이 큰 도움이 됐을 것이다.

간호사 관련 글을 읽고 내 블로그에 들어온 사람도 많았다. 댓글로 간호학과에 가려면 어떻게 해야 하는지, 대학 생활은 어떤지, 실습은 어떤지, 임상은 어떤지 묻곤 했다. 나처럼 막막했을 마음이 이해가 갔다. 댓글에 성심성의껏 답을 하니 고마워했다. 누군가에게 나의 경험이 도움 된다는 사실이 두근거렸다. 나 또한 선배 간호사의 블로그를 통해 내게 다가올 미래를 떠올려 보기도 했었다. 이제는 글뿐만 아니라 유튜브 브이로그로도 간호사의 일상을 엿볼 수 있다.

남편과 연애하던, 20대의 풋풋했던 우리 모습도 블로그에 고스란히 남아 있다. 블로그는 나의 20대가 담긴 기록 저장소다.

결혼 전에는 블로그에 주로 하고 싶은 일, 이루고 싶은 일, 일하는 이야기에 관해 썼었다. 결혼 후에는 글의 소재가 완전히 바뀌었다. 아이들이 한 말과 있었던 일을 사진과 함께 올린다. 놀이터에서 놀던 일, 자전거 타던 일, 집에서 장난감 가지고 노는 모습, 책 보는 모습 같은 일상을 남기고 있다. 그렇게 사진을 찍고 글을 쓸수록 아이들 관찰하는 게 더 재밌어졌다. 글을 쓰면서 혼자 웃는다. 나의 하루를 궁금해하는 친구에게 블로그 링크를 남기기도 한다. 특별한 것 없는 하루가 글을 쓰니 다르게 보였다. 예전에 써 둔 글을 읽으면서 잊고 있던 기억을 떠올린다. 지금보다 조금 더 젊었던 나와 어린아이들을 보면서 금방금방 커 감을 실감한다.

"발이 이렇게 조그마했었나?"

"아이고 귀여워라. 웃는 것 좀 봐. 아장아장 걸을 때네."

"선우가 이런 말을 했었지! 윤우도 형아 따라 한다고 웃기게 말했었는데!"

아이가 한 말을 보고 웃고, 다시 돌아갈 수 없는 그 시간을 그리워하다 현재로 되돌아온다. 지금, 이 순간도 다시는 돌아오질 않을 과거가 된다. 그렇게 생각하니 아이들과 함께하는 이 시간이 더 소중하게 여겨진다. 사진과 글 속 아이들이 더 사랑스럽게 느껴진다.

사진을 인화하려니 이 사진도 예쁘고 저 사진도 예쁘다. 비슷한 사진이 여러 장이다. 쌓여 가는 사진을 앨범에 정리할 엄두가 나지 않았다. 날 잡아서 정리해야지 하던 게 인화한 사진 그대로 서랍에 보관 중이다. 게으른 엄마에게, 블로그는 디지털 앨범이 되어주었다. 원하는 사진을 마음껏 올려 두고 보고 싶을 때마다 본다. 그날 있었던 일과 감정까지 알 수 있으니 얼마나 좋은가. 아이들이 컸을 때 엄마의 블로그를 보면 어떤 생각을 할까? 예전 일을 잘 기억하는 아이들을 보면 흠칫 놀랄 때가 있다. '그걸 아직 기억한단 말이야?' 생각보다 좋은 기억력에 놀란다. 하지만 다른 기억이 쌓이고 쌓여서 잊어 갈 것이다. 블로그에 엄마와 함께한 일상을 보며 '나의 유년 시절은 이랬구나.' 웃을 수 있으면 좋겠다.

블로그를 보며 '우리 집도 이렇다'라고 동지애를 느끼기도 하고, 우리 아이와 비슷한 성향의 이웃을 알게 되기도 한다. 아이들과의 일상을 통해 '아들이라고 해서 꼭 힘든 것만은 아니다, 아들 키우는 재미도 있다'라는 걸 알리고 싶었다.

공통된 관심사로 소통하고 공감하고 힘을 받는 블로그 속 세상. 블로그는 소통의 창구이면서 성장의 창구이기도 하다. 블로그를 통해 아이와 엄마가 성장해 가는 모습을 공유하고 싶다. 친구들은 사회에서 자신의 경력을 쌓아 가고 있을 때 나는 엄마로서의 경력을 쌓아 갔다. 결혼하고 아이를 낳으면서 새로운 경력을 시작한 셈이다. 아이와 엄마가 함께 커 가는 이야기를 오늘도 블로그에 남긴다.

2

나만의 북카페

책이 가득한 거실에 대한 로망이 있었다. 결혼을 준비할 때, 내 의견이 아닌 다른 사람의 의견을 따라간 부분이 많았다. 그 중 하나가 가구와 가전제품이다. 특히 텔레비전과 소파는 사고 싶지 않았다. '그래도 텔레비전은 있어야지……', '그래도 손님 오면 앉을 소파는 있어야지……' 하는 주위 말에 덥석 사버린 것이 내내 후회가 되었다. 텔레비전과 가까이 지냈지만, 곧 태어날 아이를 생각하면 없어도 될 물건이었다. 소파도 마찬가지다. 손님이 자주 오는 것도 아니고 활용도도 떨어졌다. 왜 이 두 제품이 내 마음을 이토록 무겁게 하는 걸까? 그때는 몰랐다. 내 공간에 대한 주도성을 잃어서가 아니었을까? 내 집에서 가장 오래 머무르는 사람은 나다. TV와 소파가 한 벽면씩 차지하고 있는 거실은 내가 꿈꾸던 모습이 아니다. 중간중간 처분하고 싶은 마음이 일었지만 '그래도 혼수품인데……. 쓸 만한데 그냥 쓸까……?' 하는 마음에 쉽게 처분하지 못했다.

TV를 먼저 방 한쪽으로 치웠다. TV가 비켜난 자리에 1200 책장 세 개를 넣었다. 그것만 해도 집안 분위기가 확연하게 달라졌다. 소파는 아이들이 놀면서 찢어지고 애물단지가 되어 갔다. 이사하면서 액정이 깨진 TV와 가죽이 찢어진 소파를 처분했다. 혼수품을 버린다는 게 아쉽기도 했지만, 한편으론 시원했다.

"이젠 네가 하고 싶은 대로 꾸며 봐."

1년만 살고 갈 집이었지만 남편은 아내의 염원을 이룰 기회를 주었다. 양쪽 벽에 책장이 있고 그 가운데 6인용 식탁이 있는 모습을 얼마나 상상했던가! 마침내 그 꿈을 이루게 되었다. 앉을 곳이 거실 책상 의자밖에 없으니 자연스레 책상 앞에 앉게 된다. 사방이 책이니 책을 볼 수밖에 없는 환경이 만들어졌다. 아이들도 놀다가, 밥 먹다가 식탁에 앉아 책을 펼쳐 읽었다.

"엄마, 심심해. 우리 뭐 할까?"

"음. 엄마는 지금 글 쓰는 거, 마저 해야 하는데. 선우는 뭐 하고 싶어?"

동생이 자면 심심해하는 선우가 바닥을 뒹굴며 말한다. 예전엔 아이가 심심하다고 말하면 가슴이 덜컥했다. 심심해하면 안 되는 줄 알았다. 심심하면 내 탓인 것 같아 미안했다. 하지만 이제는 안다. 심심함 속에서 아이는 몰입할 무언가를 찾고 자신만의 세계를 만들어 간다는 걸. 뭐 하고 싶은지 물으면 뒹굴뒹굴하면서 생각하다가 '숨바꼭질할까?', '자동차 놀이할까?' 제안한다. 엄마가 하던 일에 열중해 있으면 눈앞에 보이는 책을 아무거나 뽑아 든다. 읽어 달라고 가져오기도 하지만 대개 자기 혼자 넘겨 본다. 조용한 거실에 두 사람의 책 넘기는 소리만 들려온다. 이대로 시간이 멈추면 좋겠다.

남편이 재활용하러 갔다가 사운드 바를 주워 왔다. 한참 미니멀리즘에 빠져 있을 때라 무언갈 새로 집에 들이는 게 탐탁지 않았다.

"어휴. 뭐 하러 가져왔어요. 다시 내놔요."

"아냐, 이거 쓸 만한데 리모컨 없다고 버린 거 같아."

깨끗이 닦고 이리저리 만져 보더니 거실 책장 위에 설치한다. 그리고 블루투스를 연결해 노래를 틀었다. 첫 소절이 나오자마자 놀라서 서로를 쳐다봤다. 이럴 수가! 이런 게 사운드 바구나! 쓸 만한데 왜 버렸을까 하면서도 정말 '물건'을 주웠다며 좋아했다. 어학용 카세트로만 듣던 음악도 사운드 바로 들으니 소리가 달랐다. 거실에서 책을 읽고 사운드 바로 노래를 듣는다. 책이 가득한 집, 집안 가득 울리는 노랫소리, 그 속에 있는 나, 그리고 커피 한 잔. 북카페가 따로 없다. 언제든 나만의 북카페로 변신시킬 수 있는 곳이 우리 집 거실이라니! 그제야 공간에 대한 애착이 생기고 찝찝한 마음도 없어졌다. 하기 싫고 미루고 싶은 일이 있을 때 거실 책상에 앉아 있으면 뭐라도 하게 된다. 멍하게 있다가 눈에 들어오는 책 아무거나 뽑아 읽으면 다시 시작할 힘이 났다.

학창 시절, 서점에 가면 늘 눈치가 보였다. 책을 펼쳐서 잠시 읽고 있으면 점원이 다가와 말했다.

"여기서 책 읽으면 안 됩니다."

소심했던 나는 그 말에 가슴이 떨렸다. 천천히 구경하고 싶은데 쫓기듯 책을 봤다. 어떤 책인지 살짝 열어 본 후 얼른 덮었다. 동네에 대형서점이 처음 생겼을 때 충격을 받았다. 끝이 안 보이는 넓은 공간에 책뿐만 아니라 음반, 문구류도 함께 팔았다. 거기다 앉아서 책을 볼 수 있도록 공간까지 마련돼 있었다. 서점의 풍경이 많이 달라졌다. 분위기가 편안해졌다. 서점 곳곳에 책상, 의자가 비치되어 있고 카페도 함께 있다. 책을 사지 않아도 새 책을 얼마든지 가져와 볼 수 있다. 도서관도 아닌데 편하게 책을 가져다 읽는 모습이 낯설었다. 그러면 안 될 것 같은 불편한 마음도 든다. 아기자기한 작은 서점, 책방 주인의 손길이 묻은 동네서점도 좋아한다. 그래도 마음 편한 곳은 대형서점이다. 누구 하나 내게 눈길 주지 않는, 광활한 대지 같은 서점. 그곳에 발을 들여놓는 순간 놀이동산에 온 아이 같은 마음이 된다. 천천히 서가를 돌아다니며 책을 고른다. 고른 책은 내 책상 위에 오래 머문다.

시선을 잡아끄는 게 많은 외부보다는 조용하게 혼자 읽는 걸 더 좋아한다. 아이들이 어릴 땐 놀이터에 데리고 나가면 눈을 뗄 수가 없었다. 클수록 놀이터에서 책 읽을 수 있는 시간도 생겼다. 책을 들고 나갔다가 몇 줄 못 읽고 오는 날도 많다. 그래도 일단 들고 나간다. 책이 가까이 있으면 자연스레 읽게 된다. 자꾸자꾸 손이 간다. 책을 읽을 수 있는 공간만 있으면 어디서나 북카페가 된다.

'사람은 집을 만들고 집은 사람을 만든다.'라고 윈스턴 처칠이 말했다. 책에서 이 명언을 읽었을 때 무릎을 '탁' 쳤다. 맞다! 집은 사람이 만들지만, 그 집의 환경, 분위기가 어떤가에 따라서 사람도 달라진다. TV보다는 책 읽는 집 분위기를 만들고 싶었다. 안과 밖으로 나만의 북카페가 있어 장소별로 책 읽는 재미가 있다. 좋아하는 김미경 강사님의 유튜브를 보다가 '엄마의 책상'을 봤다. 엄마들도 자기만의 공간이 있으면 좋겠다 싶어 직접 고안한 책상이었다. 책도 보고 글도 쓸 수 있게 양옆으로 수납공간도 있었다. 보자마자 갖고 싶었다. 방이 아니더라도 이 책상만 있으면 어디든 내 공간이 생기는 것이니 효율적이란 생각도 들었다. 갖고 싶다고 당장 살 수 있는 건 아니지만, 남편에게 말이라도 꺼내 봤다.

"나, 갖고 싶은 게 생겼어요!"

"뭔데? 사 줄게!"

링크를 보냈다. 분명 확인했는데 채팅방에 침묵이 흘렀다. 잠시 뒤 전화가 왔다.

"정말 이게 갖고 싶어?"

하며 웃는다. 자기가 만들어 주겠다고, 아니면 책장을 사방으로 둘러싸서 내 공간을 만들어 주겠다고 했다. 그 말에 김이 샜다. 꼭 사고 싶다는 건 아니었지만 남편의 말에 들떴던 마음이 한풀 꺾였다. 언젠가는 가족이 공통으로 사용하는 공간이 아닌 나만의 공간, 서재를 갖고 싶다.

지금은 거실 책상의 내 자리가 나만의 서재이며 북카페다.

이 자리에서 밥도 먹고, 책도 읽고, 글도 쓴다. 나 한 사람 앉을 공간만 있다면 그곳을 나만의 공간으로 만들어 보는 건 어떨까? 비록 작은 공간이라 할지라도 생각과 꿈만은 얼마든지 크게 가질 수 있다. 오늘도 나의 지정석에서 책을 읽고 글을 쓴다. '이것도 꿈꾸는 엄마의 책상이지!' 생각하며….

3

아빠처럼 소방관이 될 거야

"아빠, 할아버지가 나 소방관 하지 말라고 했어."

장난으로 소방관 말고 대통령 하라던 외할아버지의 말에 울음을 터뜨린 적이 있다. 생각보다 아이 마음속에 소방관이 크게 자리 잡고 있었다.

선우가 여섯 살 때까지 가장 좋아한 DVD는 〈파이어맨 샘〉이었다. 그다음이 〈포우 패트롤〉이다. 하나는 소방관이 사람들을 구하는 내용, 하나는 강아지들이 사람들을 구하는 내용이다. 모두 구조하는 내용이다. 남편이 소방관이 되기 이전부터 선우는 〈파이어맨 샘〉에 푹 빠졌다. 다양한 위험 상황에서 소방관이 소방차, 보트, 오토바이를 타고 출동한다. 어른이 봐도 빠져든다. 선우는 돌 지나서 처음으로 영상을 틀어 줬다. 책으로만 보던 그림이 TV 화면 속에 움직이니 넋을 놓고 봤다. 남자 아이들이 좋아하는 영어 DVD를 찾다가 〈파이어맨 샘〉을 알게 되었다. 그야말로 푹 빠져서 눈을 못 뗐다. 질리지도 않는지 봤던 걸 보고 또 봤다. 처음에는 이것저것 물으면서 봤다.

"아저씨 뭐해?"

"아줌마 뭐해?"

이제는 어떤 상황인지 직접 설명해 준다. 선우가 세 살 때, 친정엄마가 분리수거장에서 주워다 준 경찰 오토바이가 있었다. 지금은 망가져서 버렸지만 그걸 타고 매일 소방관 놀이를 했다. 헬멧이라며 책 담아 놓는 하얀 바구니를 머리에 쓰고 출동했다.

"불이 나쩌요! 불이 나쩌요!"

소방관 놀이는 점점 진화해 갔다. 내가 학생 때 쓰던 폴더폰으로 전화 받는 흉내를 내며 출동하기 시작했다.

"네? 뭐라고요? 불이 났다고요? 알게쩌요. 지금 출동할게요!"

재빨리 오토바이와 바구니 헬멧을 쓰고 불이 난 곳으로 간다. '치이익' 불 끄는 시늉을 한다. 헬멧도 사 줬지만, 꼭 하얀 바구니를 쓰며 놀았다.

남편이 소방공무원 시험을 준비할 때 공부하러 가는 아빠를 보며 선우가 말했다.

"아빠, 소방관 되려고 공부하러 가?"

"응. 아빠 꼭 소방관 될게!"

책도 소방차와 구급차 나오는 걸 좋아하고 '니노 니노', '삐뽀 삐뽀'라는 말을 좋아했다. 길에서 주운 부서진 구급차와 사촌 형에게 물려받은 소방차를 오랫동안 가지고 놀았다. 아빠가 소방관이 된 후에는 자기도 아빠처럼 소방관이 될 거라고 한다.

"선우는 크면 뭐 하고 싶어?"

"아빠처럼 소방관이 될 거야. 같이 불 끄러 가야지."

"윤우는 뭐 하고 싶어?"

"경찰 할 거야! 아빠랑 도둑 잡으러 가야지~"

"아빠는 소방관인데……."

야간 출근을 하던 날, 선우가 자기가 색칠한 '소방관 샘' 그림을 아빠에게 건넸다.

"아빠, 이거 소방서에 챙겨 가."하며 가방에 넣는다. 그날 밤, 선우에게 사진 몇 장이 도착했다. 소방관 아저씨들이 선우가 색칠한 그림을 들고 있는 사진이었다. 그 사진을 보여 주니 선우가 활짝 웃는다.

어떤 날엔 아이가 DVD를 보다가 바삐 왔다 갔다 한다. 장난감 자동차를 자기 자리 앞에 가지런히 올려 둔다. 화면 한 번 보다가 '니노 니노' 추임새를 넣으며 장난감에게 말을 건다. 이는 〈파이어맨 샘〉뿐만 아니라 다른 DVD를 볼 때도 마찬가지다. 기차가 나오는 〈처깅턴〉을 보면 '차가 차가 츄 츄' 하며 기차를 가져와 함께 본다. 영상만 보는 것이 아니라 보다가 생각나는 것이 있으면 직접 해 본다. 아이 마음속에는 어떤 세계가 자라고 있을까?

차를 타고 가다가 구급차나 소방차가 보이면 황급히 외친다.

"와! 구급차다! 윤우야! 구급차 봤어? 저건 병원 구급차네!"

어떻게 아는지 119 구급차와 병원 구급차를 구분해 낸다. 남편이 근무하는 소방서에서 '일반인 동승 시험'이라는 체험이 있어 일반인도 소방차를 타 볼 수 있었다. 소방차는 처음 타 봤다. 가까이서 보기만 해도 좋아하는 소방차를 직접 타 봤으니 아이들은 얼마나 좋았을까! 그날 이후 소방차, 구급차가 보이기만 하면 타 보고 싶어 하는 후유증이 남았다. 근무가 아닌 날 소방서에 갈 일이 생기면 한 번씩 따라갔다. 그때 또 소방차와 구급차를 구경한다.

"아빠, 이 안에는 뭐가 들어 있어?"

"아빠, 물대포는 어디 있어?"

소방차나 구급차를 가까이에서 볼 일이 없는 나도 신기했다. 구급차 내부는 생각보다 좁았다. 그 안에서 남편이 일하는 모습을 그려봤다. 그날 내가 본 구급차는 가장의 무게가 느껴지는 공간이었다.

첫째가 세 살 때 처음으로 크리스마스 선물을 준비했다. 잠에서 깬 아이들이 선물을 보고 눈이 커지더니 입이 벌어졌다. 안고서 폴짝폴짝 뛰었다.

"엄마, 엄마, 이거 산타 할아버지가 준 거야? 언제? 선우 잘 때 왔다 가쩌?"

부서지고 깨지고 남이 쓰던 장난감으로도 잘 가지고 놀지만, 크리스마스 선물은 아이가 원하는 걸 해 주고 싶었다. 산타 할아버지에게 어떤 선물 받고 싶은지 물으니 선우는 당연하게 소방차라고 답했다. 남편이 소방차 한 대만 사 올 줄 알았는데 소방본부 세트를 사 왔다. 소방헬기에 소방차도 종류별로 있었다. 거기다 소방본부까지 간단하게 조립해서 만들 수 있으니 환호할 만했다.

"아이들이 크면 뭐 했으면 좋겠어?"

이 질문을 생각보다 많이 받는다. 그럴 때마다 우리 부부는 일관되게 말한다.

"자기가 하고 싶은 일 하면 되지."

여전히 선우는 소방관이 될 거라고 말한다. 선우에겐 아빠가 최고다. 아빠가 소방관이라서 너무 좋다고 말하기도 한다.

어느 날엔 선우가 멍하게 앉아 있기에 무슨 생각을 할까 궁금했다.

"선우야, 무슨 생각해?"

"소방관이 너무 되고 싶다."

아빠 일하러 가지 말라고 바짓가랑이를 붙들고 안 놓아주는 윤우와 다르게 선우는 의젓하게 말한다.

"아빠! 일하고 와. 소방관 대장, 갔다 와!"

아빠 따라 소방관이 되어도 좋고 아니어도 좋다. 무얼 하든 즐겁게 할 수 있는 일을 하면 좋겠다. 여섯 살 아이는 매일 소방관 놀이를 한다. 동생에게 넌 '누구' 하라고 역할도 배정해 준다. 기다란 블록 통 뚜껑을 119 들것으로 만들어 그 위에 인형을 눕히고 둘이서 심폐소생술을 한다.

아빠와 함께 미국 드라마도 한 번씩 본다. 남편이 보던 미국 드라마 〈시카고 파이어〉를 아이들이 우연히 보게 됐다. 애니메이션 소방관만 보다가 실제로 사람이 불을 끄고 구조하는 모습은 처음 봤다. 아이들은 넋을 놓고 쳐다봤다. 한 편을 처음부터 끝까지 보는 것이 아니라 출동 벨이 울리고 구조 활동하는 부분만 같이 본다. 5-10분 사이다. 드라마에서 미국 소방관들은 검은 소방복을 입고 나오는데 그것을 보고 아이들은 '검은 옷 입은 소방관'을 보자며 아빠에게 매달린다. 양치질하고 자기 전에 딱 하나만 같이 보자고 하는 아빠와 그 말에 즉각 반응하는 아이들. 세 남자가 이불을 덮고 비스듬히 누워 미국 드라마를 본다. 소방관으로 대동단결한 우리 집 남자들. 훗날 아이가 성인이 되었을 때 지금을 기억할까? 그동안 얼마나 많은 꿈을 품게 될까?

아이들이 무엇을 좋아할지 궁금했다. 선우는 자동차, 기차와 같은 탈것을 좋아하고 윤우는 아빠처럼 총을 좋아한다. 한때 남편이 배틀 그라운드라는 게임에 푹 빠진 적이 있다. 퇴근 후 스트레스 풀 겸 한두 시간씩 하는 걸 아이들이 곁눈질로 봤었다.

어느 날, 소방관이 나오는 책을 보다가 선우가 말했다.

"엄마, 나는 커서 멋진 소방관이 될 거야."

형이 말하자 옆에서 윤우가 말한다.

"엄마, 나는 멋진 게임 삼촌이 될 거야."

'컥' 하는 남편을 슬며시 째려봤다.

그리고 색칠하는 아이

아이 손에 처음 크레용을 쥐여 줬을 때, 줄 긋기밖에 하지 못했다. 한 가지 색깔로 그림 위에 마구잡이로 그었다. 선 밖으로 튀어 나가는 건 물론이고 색깔도 온통 한 가지 색깔로만 칠했다. 여러 가지 색을 쓰면서 비로소 색칠다워지기 시작했다. 선 안으로 색칠해 보자고 했다가 '아차!' 했다. 색칠하는 것 하나에도 이러쿵저러쿵 엄마의 간섭이 들어가다니! 이렇게 해 보자, 저렇게 해 보자 하는 엄마의 말이 아이 창의력을 꺾는다는 생각이 떠올랐다. 이후론 어떻게 칠해야지 하는 말은 일절 하지 않았다.

아이가 좋아하는 만화 캐릭터 도안을 프린트해서 준다. 파이어맨 샘, 맥스 앤 루비, 코코몽, 타요……. 한꺼번에 많이 뽑아 달라며 그 종이들을 모아 챙겨 간다. 색연필과 그림을 들고 방으로 뛰어가는 아이 얼굴에 웃음이 가득하다. 시간이 지날수록 그림 밖으로 튀어 나가는 선이 많이 줄었다. 바탕까지 빈틈없이 꼼꼼히 색칠한다. 한 장을 다 칠하고 나면 엄마나 아빠에게 들고 와 뿌듯하게 들어 보이곤 한다. 알록달록한 색칠과 점점 발전하는 아이 그림에 놀란다. 자동차를 좋아해서 타요를 뽑아 줬더니 하룻밤 새에 몇 장이나 색칠해 두었다. 집에 오는 사람들에게 선물로 주려고 색칠하고 선을 따라서 오려 둔다. 쑥스러운 듯 가방에 꽂아 놓기도 하고 무심한 듯 건네기도 한다.

"배달하고 올게!"

하더니 우리 동에 있는 집집마다 색칠한 종이를 두고 왔다. 네 살이던 윤우는 색칠한다기보단 아직 흉내 내기에 그친다. 그러다 종이와 색연필을 휙 던지고 가 버린다. 형의 외침이 들린다.

"윤우야! 색연필 던지면 어떡해!"

한 장 한 장 꼼꼼히 칠한 그림을 엄마 선물이라며 준다. 일하고 있는 아빠를 위해 다시 색칠한다. 아빠 색칠 선물은 신발 상자에 넣어 둔다. 퇴근한 아빠가 돌아오면 아이들은 밥 먹다가도 튀어 나간다. 의자를 박차고 그야말로 튀어 나간다.

"아빠! 이거 색칠했어! 아빠 선물이야!"

아빠가 잠든 밤, 머리맡에 색칠한 것을 둔다. 공들여 색칠한 것을 싹둑싹둑 가위로 오리고 있다. 나라면 아까워서 못 자를 것 같은데 아이는 색칠이 완성되자마자 오린다. 색칠하기는 오리기 실력이 향상된 데 일등 공신이다. 냉장고에 붙여 두고 부엌에 갈 때마다 본다. 바닥에 색칠한 종이가 널브러져 있다. 그림 한 장에 '언제 이렇게 컸을까?' 하는 생각이 들어 뭉클하다. 동생에게도 색칠한 그림을 준다. 낮잠을 자는 동생 옆에서 한참을 색칠에 집중하고 있다. 가위로 오려서 엄마 한 장 주고, 자는 동생 옆에 두 장을 두었다.

"엄마는 하나 주고 윤우는 왜 두 장 줘?"

"음. 윤우는 나랑 같이 둘이잖아."

형제는 세트다 그거냐?

선우가 처음으로 그림이란 것을 그렸다. 그때의 감격이란! 동그라미 안에 점이 두 개, 입술 선 하나, 구불거리는 다리 선이 세 개. 사람이라고 그렸지만, 해파리였다. 아이의 그림에는 이야기가 있다.

"엄마, 이거 봐 봐. 물고기 그렸어! 여기는 바닷속인데 아기

물고기가 엄마 아빠를 잃어버려서 찾으러 가는 거야."

"엄마, 이건 해파리야. 엄마 해파리."

"엄마, 이건 해마야. 엄마 해마가 아기들을 낳았어."

책에서 본 내용을 응용하고 변화시켜서 이야기한다. 첫아이가 크는 모습은 모두 처음인 경험이라 감동, 감격, 뭉클한 순간이 많다.

아이들이 놀이터에서 놀 때 자주 보는 할머니가 있다. 그날도 어린이집에서 돌아올 손자를 마중 나오셨다.

"오늘도 나왔구나? 고 녀석들, 둘이 참 잘 노네!"

아이들이 노는 사이, 할머니와 이런저런 이야기를 나눴다.

"오늘은 조금 늦게 오네요?"

"아, 오늘은 미술 수업 갔다 온다고 조금 늦었어요. 준혁이가 그림 그리는 게 잘 안되더라고. 방문 수업도 해 보다가 지금은 미술 학원에 가고 있어요."

선우보다 한 살 많았다. '여섯 살인데 벌써 미술 학원에 가나?' 생각했는데 네다섯 살만 되어도 방문 미술을 많이 한다고 했다. 어째 교육에 무관심한 엄마가 된 것 같았지만 '굳이 미술 학원까지 보낼 필요가 있을까?' 생각이 들었다.

초등학생 때부터 미술 수업, 만들기 수업이 싫었다. 지금도 그림 그리기라면 질색이다. 초등학교 3학년 때 처음이자 마지막으로 미술 학원에 다녀봤다. 한 달 동안 지루한 줄 긋기만 하다 끝났다. 미술 시간이 되면 다른 친구들은 다 잘 그리는데 나만 못 그리는 것 같았다. '나는 그림을 잘 못 그려.' 이 생각이 지금까지도 나를 그림 못 그리는 아이, 그림 그리기 싫어하는 아이로 만들어 왔다.

그림과 관련된 부끄러운 기억이 하나 있다. 초등학교 2학년 때다. 세일러문을 좋아해 그림책, 색칠 책이 몇 권 있었다. 우연히 그림 위에 얇은 종이를 대면 밑그림이 보인다는 것을 알았다. 그렇게 연필로 베껴서 그린 것을 내가 그렸다고 친구들에게 보여 주었다. 잘 그린다는 반응에 기분이 좋아 거짓말을 계속했다. 알면서 모른 척해 준 것인지 정말 몰랐던 것인지는 잘 모르겠다. 하나 분명한 것은 대고 그린 것을 아는 친구가 엄마에게 모르는 척 말했을 때다.

"아줌마, 이거 현진이가 직접 그린 거래요! 정말 잘 그리지 않았어요?"

"아, 그래? 정말 잘 그렸네!

그때 알았다. '아, 얘는 내가 그림을 대고 그린 걸 아는구나.' 분명 엄마도 알고 있었을 것이다. 그런데도 모르는 척해줬다.

그날 이후로 그림을 베껴 그리는 것도, 그것을 내가 그렸다는 말도 절대 하지 않았다.

어릴 때 어떤 이미지를 심어 주느냐가 중요하다. 그림은 잘 그리는 것이 아니라 즐기면서 그려야 함을 내 경험을 통해서 알았다. 그림일기, 네 컷 만화 그리기를 좋아했었다. 그림에 성적이 반영되면서부터 급격히 흥미가 떨어졌다. 중학교에 들어가서 더 심해졌다. 공정하게 평가한다고 미술 시간에 완성된 그림들을 교실 바닥에 쭉 깔았다. 미술 선생님은 반 아이들이 보는 앞에서 1등부터 꼴등까지 재배치했다. 그 자리에서 점수가 매겨졌다. 내 그림은 거의 중하위권이었다. 잘 그린 친구들이 부럽기도 하고 저 뒤에 있는 내 그림이 부끄럽기도 했다.

엄마가 되어서는 아이가 보여 주는 그림에 감탄만 했다. 잘하고 못하고도 없다. 내 아이가 그리고 색칠했다는 이유 하나만으로도 멋지고 굉장해 보였다. 엄마를 언제 사람처럼 그려 줄까 생각했는데 어느새 해파리가 아닌 사람 모양으로 그려 나가기 시작했다. 소방관이 불 끄는 그림도 즐겨 그린다. 아이 방 한쪽 벽 가득 그림을 붙여 두었다. 그리기를 좋아하더니 이제는 그림책을 만든다.

"엄마, 나 책 만들 거야."

A4용지와 색연필 바구니, 스템플러를 챙겨 자리를 잡는다. 완성된 그림책을 가져와 어떤 내용인지 읽어 준다. 주로 소방관이 불을 끄고 사람을 구하고 어벤져스가 악당을 물리치는 내용이다. 그림 그리는 걸 좋아하는 첫째를 보며 돈 많이 모아놔야겠다는 말을 듣기도 한다. 훗날 미술 전공을 할 수 있으니 하는 말이다. 그래도 좋고 아니어도 좋다. 그저 지금처럼 그림 그리기가 재밌는 놀이로 남아 있기를 바란다.

5

박스 수집가

쓱싹쓱싹, 찌익! 시끄럽던 아이들이 조용해지고 무언가를 오리고 붙이는 소리만 들린다. 뭘 하나 싶어 놀이방을 살짝 들여다봤다. 택배 온 상자를 하나씩 안고 가위로 오리고 있다.

"뭐 만드는 거야?"

"기차 만들고 있어."

"나는 주차장 만들고 있는 거야."

박스는 우리 집 인기 아이템이다. 택배가 오면 서로 이 박스는 내 거라며 주인을 정한다. 그 과정에서 다투기도 한다.

"하야(형아)만 많이 하구!"

"아니야! 이거 내가 먼저 잡았잖아!"

이럴 땐 어쩔 수 없이 가위바위보다. 진 사람이 결과에 승복하지 않고 씩씩댈 때도 있다. 대체할 만한 다른 박스를 구해 주어야만 집안의 평화가 찾아온다. 박스는 효자 아이템이기도 하다. 박스 하나로 여러 가지를 만들고 노는 동안 엄마에게는 잠깐의 자유 시간이 주어진다. 물론 수시로 테이프 좀 떼 달라, 여기 좀 잘라 달라 요구한다. 박스 놀이는 좋지만 지나가는 여기저기 발에 치이는 게 단점이다. 정리가 안 되고 널브러져 있는 모습을 보면 버리고 싶다. 아이 작품인데 싫어서 처음엔 버리기가 어려웠다. 하루가 다르게 쌓여 가는 박스를 보니 몇 가지는 처분할 수밖에 없었다. 찢어지고 너덜너덜해진 박스라도 아이에게 물어보고 버렸다. 이젠 방 정리를 하면 아이들이 먼저 이건 버려도 된다며 박스를 꺼내 놓는다.

책을 보다가 만들기로 이어지는 경우가 많다. 소방서, 저금통, 버스, 성 등 다양하다. 윤우가 낮잠 자던 시간, 선우와 거실에서 각자 책을 보고 있었다.

"엄마! 엄마! 나는 이거 만들래!"

책 속의 아이가 형의 기차를 만지다가 망가뜨렸다. 형이 돌아오기 전까지 크레용, 색종이, 가위, 풀 친구들과 함께 수습해 나가는 이야기였다. 준비물을 똑같이 챙겨 오더니 만들기 시작한다. 옆에서 잘 안 떼지는 테이프를 떼 주거나 색종이 붙일 때 잡아 준 게 다였다. 선우만의 근사한 자동차를 만들었다. 완성된 자동차를 가지고 바닥에 엎드려 부웅부웅 소리를 내며 논다.

친정에 며칠씩 있을 때도 장난감 없이 잘 논다. 새로운 박스와 테이프, 가위만 있으면 된다. 다 만들었다고 보여 주는데 뭔지 잘 모르겠다. 그래도 감탄사를 연발한다. 둘이서 힘을 합쳐 만들기도 한다. 테이프로 칭칭 감아 이어 붙인다. 머리를 맞대고 만드는 모습을 보고 있으면 '형제가 있어 참 좋구나.' 생각한다. 둘이서 함께 할 수 있는 일을 하는 게 좋다. 게임도 팀이 되어서 이길 수 있는 것이나 협력해서 뭔가 만들 수 있는 게 좋다. 남편은 둘이 싸울 때마다 말한다.

"선우, 윤우는 한 팀이잖아. 팀끼리 싸우면 돼? 어벤져스는 같은 팀이잖아. 서로 안 싸우잖아."

"흥! 윤우는 로키야!"

"아니야! 으아앙!"

윤우를 토르의 골칫덩이 동생 '로키'라고 했다가 결국 울리고 만다. 잠시 뒤 화해의 표시로 선우가 자신의 박스를 양보한다.

"이거 쓸래?"

"응!"

언제 싸웠냐는 듯 다시 둘이서 하하 호호 논다.

마트에 가면 아이들은 박스를 하나씩 골라잡는다. 길이도 다양하고 크기도 다양한 박스 앞에서 두 개씩 골라잡는다. 집에 돌아오면 박스 놀이가 시작된다. 만들고 싶은 게 있는데 집에 재료가 없으면 분리수거장을 순회한다.

책에서 본 깡통 로봇이 만들고 싶어 아빠랑 나갔다. 그날이 재활용품을 수거하는 날이라 박스도 없고 플라스틱도 없었다. 대신 메이크업 상자를 주워 왔다. 열면 좌르륵 펼쳐지는 검은 상자였다. 낡기는 했지만 망가진 곳은 없었다. 탐탁잖은 내 표정에 남편은, 장난감 통을 하거나 아이들 갖고 놀기에 좋을 것 같다며 부연 설명을 한다. 선우와 윤우는 장난감 자동차를 넣거나 블록을 넣어 어깨에 둘러메고 다니며 놀았다.

저녁을 먹고 난 뒤 선우가 쟁반에 호두와 호두 까는 기계를 담아 온다. 옆에 있던 박스 두 개를 이어 붙이더니 간이 식탁을 만들었다. 그 위에 쟁반을 올려 두고 말한다.

"호두 마트 열었어요~ 호두 먹으러 오세요~"

"배달은 안 되나요?"

"배달도 돼요~"

윤우가 배달원이 되어 호두를 가져다준다. 선우는 앉아서 호두를 까다가 이제 문을 닫는다며 방으로 들어간다. 밤이 되어 문을 닫는다고 했다. 잠시 뒤 나오더니 다시 문을 열었다며 호두 마트 놀이를 이어 간다. 박스로 만든 식탁 앞에서 해맑게 호두를 깠던 밤이다.

아이들이 칼을 사용할 때는 다칠까 봐 옆에서 조마조마하게 지켜본다. 자꾸 쓰다 보니 칼도 조심히 잘 다루게 되었다. 두꺼운 박스를 가위로 잘도 오려 낸다. 손힘이 세지는 데 박스 놀이가 큰 역할 했다.

윤우는 밖으로 나가는 걸 좋아한다. 선우도 외출을 좋아하지만 만들기를 하거나 색칠을 할 때면 집에 있겠다고 한다. 나가자고 졸라대던 윤우를 데리고 남편이 집 앞 놀이터에 갔다. 선우는 박스로 성을 만들려던 참이었다. 색종이 한 장을 통째로 붙이려 하기에 찢어서 붙이면 예쁠 것 같아 아이에게 제안했다. 박스에 풀칠하고 색종이를 찢어서 알록달록하게 붙였다. 가을로 접어드는 오후의 어느 날이었다. 베란다 옆 창가로 햇볕이 따스하게 들어왔다. 둘이서 도란도란 얘기하다 보니 어느새 완성이다. 그때 외출 팀이 돌아왔다. 집 뒤편 주차장에서 스케이트보드를 타고 왔다 한다. 박스를 보자마자 예쁘다며 감탄한다. 남편과 윤우가 발을 쓰며 놀 때 나와 선우는 손을 쓰며 놀았다.

박스는 돈 안 드는 장난감이다. 박스만큼 가성비 좋은 장난감이 있을까. 머릿속으로 생각하는 걸 직접 만들어 보는 재미도 있고 손을 쓰는 활동이 소근육 발달에도 좋다고 하지 않는가.

"엄마! 나 박스가 필요해!"

"기다려 봐. 오늘 택배 올 거 있어!"

오늘도 아이들은 박스를 가지고 논다.

6

달려라 자전거 날아라 비행기

"따르릉따르릉 비켜나세요. 자전거가 나갑니다. 따르르르
릉."

내가 자전거를 밀어주며 불렀던 노래를 이젠 윤우가 혼자
페달을 밟으며 부른다. 따릉따릉 벨까지 울려 가면서… 혼자
자전거를 타기 시작하면서 밖으로 더 나가고 싶어 했다. 그런데
예전부터 균형이 조금 안 맞던 선우의 자전거에 문제가 생겼다.
보조 바퀴까지 갈아 줬지만 계속 바퀴 한쪽이 들렸다. 그래서
자전거 대신 킥보드를 타며 놀았다. 차에서 내리지 않아 킥보
드마저 없던 날이 있었다. 윤우 혼자 자전거를 타고, 선우와 나

는 걸었다. 오르막길은 밀어주고 내리막길은 뒤를 잡아 주었다.

"쓰레기차 왔쩌요!"

처음엔 그게 무슨 말인지 몰랐다. 동생의 자전거 보조 바퀴에 올라서 있는 선우의 모습을 보고야 알았다. 쓰레기차 뒤에 타고 있는 아저씨들을 따라 하는 거였다. 아이들이 찾아낸 새로운 놀이에 주저앉아 웃었다. 두 다리는 꼿꼿이 세우고, 두 팔은 쭉 뻗은 모습이 똑같았다. 거기다 '삑삑—' 후진할 때 나는 소리까지 따라 한다.

둘의 모습을 보며 사진 한 장이 떠올랐다. 내가 다섯 살 때, 아파트 복도에서 동생을 자전거에 태우고 있는 사진이다. 유년 시절 행복했던 기억을 떠올리면 항상 내 추억 안에 동생이 들어온다. 농번기의 논밭, 아빠가 모는 경운기의 뒷좌석, 일요일마다 아빠를 따라다녔던 조기 축구회 운동장, 물총 놀이하던 아파트 놀이터……. 어릴 땐 동생이 제일 친한 친구였다. 중고등학생이 되면서 같이 놀지는 않았지만, 관심사가 비슷해 자매처럼 수다를 떨었다. 지금도 통화하면 한 시간은 거뜬하다.

"누나, 이제 끊어야 하지 않겠나?"

"그래, 다음에 이어서 얘기하자."

"뭘 더? 바쁘다. 당분간 통화하지 말자."

통화 종료 시간에 2시간이 찍혀 있었다.

한 살 차이 형과 동생, 앞으로 얼마나 싸우며 자랄까? 지레 겁이 나기도 한다. 안 싸우는 형제로 클 수는 없을까? 우리 아이들은 조금 다르게 키울 수 없을까? 영화에서나 볼 법한 이상 적인 형제 관계를 꿈꿨다. 연년생 형제를 키워가며 알았다. 아예 싸우지 않을 수도 없고 그게 건강한 관계라고 할 수도 없다. 자신의 욕구를 드러내고 쟁취하는 과정에서 자주 부딪혔다. 내 행동이 상대에겐 기분 나빴을 수도 있고, 너무 내가 하고 싶은 대로만 했다는 것을 깨닫기도 한다. 아이는 싸우면서 큰다는 것을 빨리 인정해 버렸다. 투닥투닥 싸울 때도 많지만 서로에게 누구보다 친한 친구가 되어준다. 말하지 않아도 오르막길을 힘 겹게 오르는 동생 자전거를 밀어준다. 자연스레 도움이 필요한 순간을 안다. 나란히 자전거를 타는 모습도 예쁘지만, 밀어주고 잡아 주며 함께 자전거를 타는 아이들의 모습이 훨씬 예쁘다.

처음 그 비행기를 본 건 아파트 단지에서였다. 놀이터에서 형들이 날리는 비행기를 보며 선우도 갖고 싶어 했다. 아이들 이 많은 장소에 가면 어김없이 그 비행기가 보였다. 마트에서 보곤 사 달라고 졸랐다. 안 된다는 아빠의 말에 아이들은 시무룩 해졌다. 보기에도 약해 보이는 스티로폼 재질의 비행기가 하나 에 오천 원이나 했다. 집으로 돌아온 저녁, 남편은 어느새 인터넷으로 그 비행기를 찾아보고 있었다. 6개나 주문하기에 뭘 6 개나 사냐고 핀잔을 주었다. 그러나 그것은 앞을 내다본 구매였다. 비행기는 생각보다 더 잘 망가졌다.

택배가 온 날, 아이들은 신나서 밖으로 들고 나갔다. 날개만 끼워 주면 쉽게 완성됐다. 날리는 게 아니라 던졌다. 자꾸만 곤두박질치던 비행기는 하루 만에 날개가 다 부러졌다. 새것도 있었지만, 테이프를 붙여 주며 완전히 망가질 때까지 썼다. 주말이 되어서야 비행기도 그냥 날리는 게 아니라는 걸 알았다. 꼬리에 날개 끼우는 부분이 두 곳 있었는데 그 위치마다 아래로 날릴지 위로 날릴지 방향이 달라졌다. 거기다 날개도 뒤집어 끼워 놨다. 평일 낮 동안 나와 날렸기에 몰랐다.

"으하하. 이러니 자꾸 곤두박질친다고 하지!"

남편이 던지는 비행기는 공중에서 회전까지 하며 멀리도 날아갔다. 그때부터 아이들은 비행기를 제대로 날리기 시작했다. 장난감 비행기 하나에도 날리는 방법이 있었다니!

초등학교 때 매 학년 고무 동력기 글라이더를 만들어 날리는 대회가 있었다. 만들기가 서툴러 남자아이들에게 물어가며 겨우겨우 만들어 나갔다. 미완성인 채로 수업 시간이 끝났다. 다 못 만든 사람은 집에서 완성해 오라고 했다.

아빠에게 도움을 청했다. 아빠는 설명서를 보고 꼼꼼히 다시 만들었다. 날개에 물을 뿌려주면 탱탱해진다고 하나하나 정성을 들였다. '그렇게까지 안 해도 되는데……' 생각했지만, 완성된 비행기는 보기에도 잘 날 것처럼 보였다. 다음 날 아빠가 완성해 준 비행기를 들고 학교에 갔다. 아빠의 비행기는 운동장에서 멋지게 날아다녔다. 남자아이들도 놀라며 모여들었다.

"와! 네 거 되게 잘 난다! 어떻게 한 거야?"

"날개에 물 뿌려주면 잘 날아간대."

"그래? 나도 뿌려 봐야지!"

어떤 아이는 물을 자주, 많이 뿌리는 바람에 날개가 젖어서 찢어지기도 했다. 아빠 덕분에 남자아이들이 싹쓸이하는 비행기 대회에서 우수상을 받았다.

남편이 날리는 비행기를 보며 그날의 기억이 떠올랐다. 미완성인 채 들고 온 내 비행기를 상까지 받을 정도로 멋지게 재탄생시킨 아빠의 비행기, 자꾸만 곤두박질치던 비행기를 하늘을 누비게 만든 남편의 비행기, 이 두 비행기 사이에 20년의 세월이 있다. 어릴 땐 아빠의 존재가 커 보인다. 뭐든 잘 만들어 내는 슈퍼맨 같은 아빠의 딸에서 이제는 뭐든 잘 고치는 남자의 아내가 되었다. 아이들은 아빠가 날리는 비행기를 보면서 소리

첫다.

"우아! 엄청 높이 날아간다!"

20년 전처럼 아빠의 손길을 거친 비행기는 다시 태어났다. 자전거를 타고 비행기를 날리는 아이들을 보면서 다시 한번 어릴 적 추억을 떠올렸다. 깊숙한 곳에 자리하고 있던 기억의 한 조각을 건져 올린 기분이다. 오랫동안 꺼내 보지 않고 묵혀 두기만 해서 먼지가 잔뜩 내려앉은 기억, 털고 닦아야만 물건의 정체를 알 수 있듯 기억도 그렇다. 오래된 기억이 아이들 덕분에 한 번씩 세월을 건너 끌어올려진다. 20년 전으로 거슬러 올라가면 그날의 날씨, 기분, 상황이 하나씩 형체를 드러낸다. 비행기를 완성하던 아빠의 모습, 물뿌리개의 물이 날개 위로 흩어지는 모습, 비행기를 날리자 깜짝 놀라던 남자아이들의 모습이 선명하게 떠오른다. 비행기를 날리던 하늘은 파랬다. 상까지 받아 온 비행기는 손이 잘 닿지 않는 곳에 올려다 두었다. 그리고 한 번씩 날개에 물을 뿌려주었다. 나와 아빠의 추억 하나가 담겨 있는 비행기. 아이들이 자라면서 마주하게 될 비행기 속엔 어떤 추억이 담기게 될까?

공구는 최고의 장난감

아이들과 길을 건너려고 신호등을 기다리고 있는데, 건너편에서 아저씨가 망치를 두드리며 일을 하고 있었다. 차가 잘 안 다니는 길이었기에 소리는 탕탕탕 더 크게 울렸다. 아이들의 시선은 길 건너편으로 고정되었다. 그러다 선우가 말했다.

"엄마, 뮤직 같아!"

아이의 말에 놀랐다. 망치 소리가 음악 소리처럼 들릴 수도 있구나.

윤우가 잠든 사이, 부엌에서 점심으로 먹을 미역국과 반찬을 만들고 있었다. 탕탕탕 소리가 난다. 짐작이 갔다. 남편 방으로 가 봤다.

"선우, 뭐 해?"

"나 벽에 못 박고 있어."

"그래? 손 조심해……."

'못은 왜 저렇게 잘 친대……' 다시 부엌으로 돌아왔다. 탕탕탕하는 소리를 한동안 들으며 반찬을 만들었다. 못 박기나 나사를 빼고 끼우는 솜씨가 날이 갈수록 는다.

아이들은 기어 다닐 때부터 드라이버를 가지고 놀았다. 남편은 만져 보고 싶어 하는 아이에게 다 만져 볼 수 있게 했다. 거실 곳곳에서 드라이버, 나사, 망치가 발견됐다. 제발 아이 손 안 닿는 곳에 두라고, 못 만지게 하라고 말하다가 위험하지 않게 잘 보고만 있기로 했다. 남편의 취미는 고치고 만들고 조립하기다. 그런 아빠 옆에서 자연스레 아이들도 공구를 가지고 놀았다. 아이들이 자꾸 아빠의 공구 통을 만지니 남편이 과학 상자를 사 줘야겠다고 했다.

"뭐 하러 사요? 아빠 방이 곧 과학 상자고만."

"아, 뭐 그렇긴 하지. 애들이 하도 내 것을 뒤집어 놓으니까…."

종류별로 다양한 공구가 비치된 아빠 방이 곧 과학 상자다. 아이용 과학 상자가 있지만, 여전히 아빠의 공구 통과 함께 논다.

어느 날, 평소처럼 아빠 방을 탐험하던 선우가 갑자기 울면서 달려왔다. 무슨 일이냐고 묻는 내게 놀란 눈으로 말한다.

"내가 총알을…… (훌쩍) 입에 대고 있다가…… (훌쩍) 잠깐 넣었는데…… 삼켜버렸어! 으앙!"

"괜찮아, 똥으로 나와. 윤우도 아기 때 총알 많이 삼켰는데 몸 밖으로 많이 나왔었어. 그래도 총알은 입에 넣지 마."

동생이 아기 때 총알을 많이 먹었단 말에 선우가 안심하고 돌아간다. 선우는 평소 총알을 먹지 않았지만, 윤우는 한 번씩 주워 먹곤 했다. 총알을 삼키던 아기는 총을 좋아하는 아이로 자랐다. 입을 오물거리고 있기에 벌려 보면 비비탄이었다. 똥으로 나오는 것을 보며 처음엔 깜짝 놀랐다. '이러다 큰일 나는 거 아니야?' 걱정하던 마음이 어느새 '언제 또 먹었냐?'로 바뀌었다.

아이들이 하나 있는 드라이버를 두고 서로 자기가 하겠다며 울고 싸운다. 그러다 똑같은 것 하나를 찾으면 언제 싸웠냐는 듯 같이 논다. 각자 한 개씩 들고 있으면 서로 챙겨 주기까지 한다. 형제애란 다른 게 아니었다. 똑같이, 공평하게, 하나씩 가지고 있으면 된다. 선우도 공구 가지고 노는 것을 좋아하지만 윤우가 더 좋아하는 편이다. 형한테 안 뺏기려고 얼마나 노력하는지 모른다. 지금은 형의 관심이 덜해지니 독차지하고 있지만, 더 어릴 때는 난리였다. 소리 지르고, 도망 다니고 '형아 꺼' 달라며 울었다. 남편 방에 들어가서 대체할 만한 다른 공구를 찾아 줬다.

"도대체 드라이버가 다 어디 간 거야? 몇 개 더 사 놔야 하는 건가……. 나, 참."

지금 뭐 하고 있나 싶어 어이가 없었다. 이제는 찾아 주지 않는다. 알아서 찾아낸다. 오히려 급히 드라이버가 필요하면 아이들에게 물어볼 정도다. 그럴 때면 아이들은 어디선가 찾아온다. 놀이방에 있을 때도 많다. 정리해 놓으면 쏟아 놓기를 반복한다. 아빠가 없는 방에서 윤우는 이 상자 저 상자 다 뒤적여 본다. 안 그래도 자잘한 부품, 공구들로 정리 안 되는 방인데 더 정신없어진다. 한 번씩 오는 손님도 이방은 여전하다며 웃는다.

드라이버 하나만 있으면 잘 논다. 구멍이란 구멍은 다 찔러 본다. 단, 콘센트는 절대 못 하게 한다. 나사 있는 부분은 직접 돌리고 끼운다. 남편도 어릴 때 집안 시계는 다 뜯어봤다고 한다. 시계 안이 궁금해서 뜯어봤는데 다시 조립을 못 해 아버님에게 혼났다고 했다. 윤우가 남편 어릴 때랑 똑 닮았다. 장난감이든 시계든 나사가 있는 건 돌려서 풀어 보고 싶어 한다.

"윤우야, 그거 왜 풀어 보는 거야?"

"안에 뭐 들었는지 궁금해서 그런 거야."

풀기만 하고 다시 조립하지 못하는 것도 아빠 어릴 때랑 똑 닮았다!

친정엄마는 아이들 손에 공구가 쥐어져 있으면 기겁한다.

"어유, 그게 뭐고? 제발 뾰족한 거, 위험한 거 애들한테 쥐여 주지 마라. 다칠까 겁난다."

처음엔 나도 그랬다. 남편이 '궁금하겠지, 만져 보고 싶겠지.' 하면서 아기 때부터 주던 것이 장난감처럼 돼 버렸다. 여자 사람인 나는 이해가 잘 안 되지만 아이들에겐 최고의 장난감일 것 같다는 생각은 한다. 장난감 공구보다는 진짜 공구를 만지며 노는 게 더 재밌지 않을까. 공구 가지고 노는 아들들을 보며 생각한다.

'엄마도 인형 가지고 잘 놀아 줄 수 있는데⋯⋯. 어릴 때 인형 좋아했는데⋯⋯.'

한 번씩 인형 놀이도 한다. 공구를 좋아하지만, 인형에 대한 애착도 큰 둘째다. 형이 아기 때 선물 받은 펭귄 인형 가방이 있다. 책에서 본 '까미'라는 이름을 붙여 주고 집 안에서 안고 다닌다. 자기 전에 까미를 찾기도 한다. 입을 앙다문 채 열중해서 공구를 만지다가도 인형 가지고 놀 땐 목소리부터 애교 있게 변한다. 지킬 앤드 하이드처럼 두 가지 모습이 공존한다.

떡집을 하시는 시부모님 가게에 가면 아이들에겐 신기한 것 천지다. 떡 기계뿐만 아니라 할아버지 공구에 심심할 틈이 없다. 남편이 뭐든 잘 고치고 잘 만드는 것은 아버님에게서 물려받은 거였다. 집에 없는 공구들이 할아버지 가게에는 많았다. 윤우는 할아버지 뒤를 졸졸 쫓아다니며 이것저것 물어본다.

"할아버지, 이건 뭐예요?"

선우는 할아버지가 떡 만드는 모습을 옆에서 구경한다.

"할아버지, 지금 뭐 만드는 거예요?"

귀찮을 법도 한데 그런 손자들이 귀여운지 일일이 답을 해 주신다. 가게에 갔다가 돌아올 때면 선우가 말한다.

"엄마, 너무 재밌었쪄!"

재밌어하는 아들 눈치를 보느라 엄마의 공구 사용도 조심스럽다.

'못 하나만 박으면 되는데…… 지금 할까? 나중에 할까?'

고민하다가 전동 드릴을 꺼냈다. 잠깐 윙 했는데 그 소리를 들고 윤우가 왔다. 아! 들켰다!

"엄마! 드릴 찾았네?"

"아, 응. 여기 구석에 있었지, 뭐야."

"이제 나 줘!"

손이 안 닿는 곳에도 올려 둬 보고 숨겨도 봤지만, 어김없이 찾아냈다. 끝이 뭉툭하고 속도도 빠르지 않아 주의만 주고 그대로 뒀다. 누르면 윙 돌아가는 것이 재밌는지 드릴 앞에 나사뿐만 아니라 이것저것 끼워서 돌려 본다. 그렇게 가지고 논 지 며칠이 지나 방충망에 난 구멍을 발견했다. 이럴 수가! 이사 온 지 며칠 되지도 않았는데 벌써 방충망에 구멍을 내다니!

선우가 이번엔 집에서 타고 다니는 장난감 자동차를 뜯어보고 싶다고 했다. 안에 뭐가 들어 있는지 궁금하다며 드라이버로 나사를 풀기 시작한다. 형 옆에 다가온 동생이 자기도 해 보고 싶다고 한다. 그런 동생에게 형이 말했다.

"윤우야, 잠깐만 기다려 봐. 너는 이거 나사 잘 들고 있어봐."

"그래, 형아가 풀고 다시 끼우는 건 윤우가 하면 되겠다!"

조금 시무룩해 보였지만 떼쓰지 않고 기다린다. 1년 전 같으

면 자기가 할 거라고 울며불며 고집을 부렸을 텐데! 윤우가 다
가올 때부터 조마조마했다. 또 한 번 눈물 바람이 지나갈까 봐
마음 졸였다. 그러나 걱정과 다르게 아주 평화롭게 지나갔다.
선우가 나사를 다 풀어서 다리 안을 열어 봤다. 그동안 윤우는
나사를 손에 꼭 쥐고 기다리고 있었다. 다시 조립하는 건 윤우
가 마무리했다. 1년 만의 큰 변화다. 기다릴 줄도 알고, 나눠서
할 줄도 알게 된 아이들.

한층 큰 아이들 모습에 가슴 한편이 뻐근하다.

8

다양한 블록 놀이

무엇 때문인지 기억도 안 나는 일로 윤우를 혼내고, 화가 나 있었다. 잠시 뒤 선우가 블록을 만들어 오더니 말한다.

"엄마 기분 좋아지라고 내가 TV랑 만들어 와쩨."

"오오. 잘 만들었네?"

"여기 계단도 이쪄."

"어디?"

"여기, 이쪽으로 올라가서 TV 볼 수 있찌."

"오호! 멋진데? 고마워."

"엄마, 이제 기분 좋아져쪄?"

"응."

엄마를 기분 좋게 하려는 선우를 볼 때마다 '참 세심한 아이구나.' 생각한다. 윤우가 상남자 같다면 선우는 섬세한 남자다.

"네 살 남자아이는 사람이 아닙니다! 고삐 풀린 망아지입니다!"

어느 육아 강연에서 들었던 말이다. 엄마의 한계가 어딜까 호시탐탐 노리고 선을 넘나든다. 기분 상해 있는 엄마를 보고 선우가 슬그머니 다가온다. 블록이나 색칠한 것을 들고 와 조금이라도 엄마 기분을 나아지게 해 주려 한다. 그런 아이 마음이 예뻐서 스르륵 마음이 풀어진다.

플라스틱 블록과 나무 블록으로 아이는 다양한 작품을 만들어 냈다. 때론 기발하고 때론 엉뚱했다. 블록 하나에도 이야기가 담겨 있어 듣는 재미도 있다. 엄마 선물, 아빠 선물하며 완성된 걸 주고 간다. 연신 멋지다고 말하는 엄마, 아빠의 반응에 아이는 활짝 웃으며 돌아간다. 아빠에게 줄 블록이 큰 경우가 많다. 일부러 삐진 척 아이에게 묻는다.

"뭐야? 아빠 것이 더 크네?"

"아니, 아빠는 제일 크잖아. 그래서 그런 거지."

식탁에서 책을 보고 있으면 아이들이 하나둘 모여든다. 선우는 뭔가 생각났는지 놀이방으로 뛰어가 나무 블록을 가져온다. 가짓수가 점점 늘어나더니 무언가를 만들었다. 구급차 집과 코끼리가 물 마시는 곳이라고 했다. 마지막엔 알록달록한 집이라고 소개도 한다. 아이가 블록 작품을 가지고 올 때마다 사진을 찍어 둔다. 놀이터, 동물원, 아파트, 로켓, 성 등 다양하다.

"엄마, 이거 로켓이야."

"(불을 끄고서) 엄마, 여기 우주 같지 않아? (다시 불을 켠다) 로켓들이 있잖아."

"하나, 둘, 셋, 넷, 다섯, 여섯, ……." (블록 로켓 세는 소리)

블록으로 마트 놀이도 할 수 있다. 아이 옷을 걸어 두는 옷걸이 밑이 마트가 된다. 핸드폰 가게도 되었다가 서점도 되었다가 카페도 된다. 벽에 바짝 붙여 놔도 아이들은 다시 밀어 들어갈 공간을 만든다. 블록이나 긴 막대기를 가지고 쿠키와 케이크를 만들고 엄마 커피도 만들어 준다. 이름하여 '선우 상점', '윤우 상점'이다.

"엄마, 내가 쿠키랑 커피 만들어 줄게."

"엄마, 뜨거워? 시원해?"

선우가 다섯 살일 때, 동물의 집을 만들었다. 아빠에게 보여 주려고 찍으려던 찰나 윤우가 붕붕이를 타고 밀어 버렸다. 네 살, 아무 생각 없는 동생이다. 선우는 고개를 숙이며 속상하다며 자러 간다. 역시나 아무 생각 없는 동생은 쫄래쫄래 따라서 자러 들어간다. 아빠에게 보여 주려고 만들어 놓은 것도 윤우는 장난으로 던져 버린다. 처음엔 으악 비명을 지르고 화를 내며 울었다. 지금은 동생 손이 닿지 않는 높은 곳에 올려 두거나 한숨을 쉬고 흩어진 조각을 주워 모은다. 윤우는 그 모습을 멀찍이 떨어져 숨어서 보고 있다. 잘못한 점을 일러 주고 '사과해야지?' 하면 쿨하게 사과한다. 엄마의 말이 끝나자마자 "미안해!" 말한다. 그 간단하고 쿨한 '미안해.' 한마디에 선우는 화가 다 풀리지 않았다. 엄마의 잔소리보다 사과를 택한 느낌이 강하다. 네 살이라 그랬을 거다. 다섯 살이 되니 사과에도 진심이 묻어난다.

소방관 놀이를 할 때 엄마는 환자가 된다.

"아야. 다리가 부러졌나 봐요."

"네! 치료해 줄게요!"

블록을 가지고 치료하는 흉내를 낸다. 갑자기 병원 놀이로 바뀐다. 주사기도 됐다가 청진기도 됐다가 약도 된다. 블록은 마트 놀이할 때 돈도 된다.

"엄마, 뭐 사고 싶어?"

"엄마는 빨간 자동차 살게요. 이거 얼마예요?"

"이천 원이요."

"네? 뭐라고요? 너무 비싸요! 깎아 주세요."

"음……. 잠깐만요."

깎아 달라는 손님의 말에 버퍼링이 걸린 아들. 잠깐 생각하는 듯하더니 나무 블록으로 자동차를 깎는 시늉을 한다. 가격을 깎아 달라는 말이었는데 아이는 단어 그대로 받아들이고 행동으로 옮겼다. 그리곤 이천 원 그대로 다 받았다. 어린 사장님의 귀여운 모습에 블록 두 개를 주고 자동차를 샀다.

아침에 비몽사몽 선우가 일어났다. 멍하게 누워 있더니 〈바바파파〉 책을 뽑아 든다. 다양하게 몸을 변형시킬 수 있는 바바파파네 가족 이야기다. 7명의 바바 아이들이 나오는데 아이마다 특색이 있다. 동물과 식물을 사랑하는 노란색 바바주, 힘이 센 빨간색 바바브라보, 만들기를 좋아하는 하늘색 바바브라이트, 그림 그리기를 좋아하는 검은색 바바보, 음악을 좋아하는 연두색 바바랄라, 책을 좋아하는 주황색 바바리브, 예쁜 것을 좋아하는 보라색 바바벨.

선우는 붓과 팔레트를 들고 있는 바바보를, 윤우는 양손에 아령을 들고 있는 바바브라보를 좋아한다. 여기서 두 아이의 다른 성향이 또 드러난다. 색칠과 그리기를 좋아하는 선우와 무거운 것을 번쩍번쩍 드는 윤우의 평소 모습을 보면 '역시 그렇구나!' 하게 된다. 아침에 뽑아 든 〈바바파파〉 책 중 양치기에 관한 내용이 있었다. 바바브라이트가 상상한 기계의 모습을 보며 선우가 묻는다.

"엄마, 이건 뭐야?"

"바바브라이트가 바바주 편해지라고 기계를 만들어 주고 싶은가 봐."

책을 다 읽은 후 뭔가 생각난 듯 놀이방으로 뛰어간다. 블록을 가져와 만들기를 시작한다. 무서운 계단, 무서운 성이라고 중얼거리더니 완성했다.

아이가 만들어 내는 블록 작품을 볼 때마다 더 과장해서 놀랍다는 반응을 보인다. 갈수록 모양이 복잡해지고 다양해진다. 머릿속에 떠오르는 것을 만들어 보는 아이의 작품을 카메라에 담는다. 아이의 유년 시절도 함께 담는다.

9

보들이가 너무 좋아

아이들에게 각자 '보들이'라고 불리는 애착 이불이 있다. 어릴 땐 아기 이불을 덮었었는데 아이들이 커갈수록 이불이 작아졌다. 혼수품으로 사 온 보드라운 이불을 덮어준 이후 그 이불만 고집했다. 보들보들하다고 해서 보들이라 부른다. 겨울은 물론 한여름에도 보들이를 덮는다. 시댁이나 친정에서 잘 때면 잠투정을 많이 했다. 그럴 땐 보들이가 아쉽다.

'아, 보들이만 안겨 주면 바로 잠들 텐데…….'

더러워진 보들이를 빠는 것도 싫어했다. 낮잠을 잘 때도, 놀다가 이불에 뒹굴 때도 보들이가 있어야만 했다. 보드라운 재질 때문인지 1년 내내 끼고 자서인지 이불은 점점 낡고 헤져갔다. 바꿔 주려고 해도 싫다고만 한다.

아이들이 노는 사진을 친정엄마에게 보냈다. 엄마에겐 낡아서 솜이 보이는 이불이 더 눈에 띄었나 보다. 여름인데 겨울 이불을 덮는다며 놀란다. 잠시 후 아이들 인견 이불을 주문했다고 문자가 왔다. 시원한 인견 이불을 덮어주면 아이들은 까슬까슬하다고 발로 차 냈다.

"까슬까슬한 거 싫어. 나는 보들이가 너무 좋아!"

윤우도 형과 똑같이 자신의 이불을 꽁꽁 감싸고 잔다. 다른 사람이 덮거나 깔고 누워 있으면 또박또박 힘줘서 말한다.

"윤. 우. 이. 불. 이. 잖. 아!"

더울 것 같아서 이불을 살짝 바꿔 덮어주면 귀신같이 알고 칭얼댔다.

애착 이불이란 무엇일까? 아기에겐 신체 접촉이 생존과 관계될 만큼 중요하다. 양육자와의 끈끈한 애착 관계를 통해 신뢰를 형성해 간다. 포근한 엄마 품을 대신해 안정감을 주는 것이 애착 이불이다. 양육자와 떨어져 있을 때 분리 불안을 줄여준다. 심리적 안정을 주는 것이다. 잠자리 환경이 바뀌어 칭얼대는 모습을 보면 이해가 갔다. 익숙한 냄새, 익숙한 촉감이 없는 곳, 모든 것이 낯선 공간에서 잠을 청한다는 것은 아이에게 큰 스트레스였다.

친정에서 일주일 정도 머물다 갈 때도 첫날 밤은 늘 잠을 설쳤다. 깊이 잠들지 못하고 중간에 보들이를 찾았다.

"엄마, 얼른 집에 갔으면······. 보들이가 있으면 좋겠다."

친정에 오래 머무르고픈 엄마 마음은 모르고 아이는 잘 있다가도 집에 가고 싶다고 말했다. 애착 이불 선택 시 고려 사항에 부드러운 소재, 폭신한 감촉, 밝은 계열의 색상, 적당한 크기, 세탁의 용이성이 있다. 애착 이불의 조건에 보들이가 딱 적합했다. 선우는 연한 분홍색 이불을, 윤우는 파란색 이불을 가지고 있다.

아이 그림책 중에서 애착 이불에 관해 다룬 책이 몇 권 있다. 아기 곰은 잘 때도 놀 때도 어딜 가나 파란색 이불을 들고 다녔다. 엄마 곰은 낡고 지저분해진 이불을 안고 잠든 아기 곰을 바라봤다. 다음 날, 엄마 곰은 애착 이불을 새롭게 수선해 줬다. 손수건, 베갯잇, 가방, 인형으로 바뀐 이불을 아기 곰은 소중하게 가지고 다녔다는 이야기로 끝난다. 또 다른 책에서는 아이가 자신이 아끼는 이불이 너무 작아진 것을 보고 놀란다. 우는 아이에게 엄마는 미리 사 뒀던 새 이불을 꺼내 준다. 이제는 작아진 이불을 동생에게 보내고 새로운 이불을 꼭 안으며 이야기는 끝난다.

"선우야, 엄마가 보들이로 인형 만들어 줄까? 가방 만들어 줄까? 손수건 만들어 줄까?"

"보들이로 아무것도 만들면 안 돼. 가위로 자르면 안. 돼. 요. 엄마, 나는 보들이가 너무 좋아. 보들이는 내 친구야."

"보들이가 힘들어하는 거 아니야?"

"아니야. 보들이는 눈, 코, 입이 없잖아. 머리도 없잖아."

"응? 그럼 보들이는 도대체 누구야?"

"보들이는 내가 좋아하는 친구지."

살아있는 물체가 아님을 인지하면서도 친구 대하듯 보들이를 이야기한다.

중학생 때까지 아기 이불을 껴안고 잤다는 친구가 있다. 부모님이 맞벌이해 할머니 손에 큰 외동인 친구다. 어느 날 학교에서 돌아왔는데 자신의 애착 이불이 없어졌다. 학교에 간 사이 엄마가 많이 닳고 낡아진 이불을 버렸다고 한다. 그 충격에 한참을 울었다는 친구의 이야기가 떠올랐다. 보들이가 너무 좋다는 아이들을 생각하니 친구의 상실감이 얼마나 컸을지 상상이 갔다.

네 살, 다섯 살이던 형제는 아직 보들이를 보낼 준비가 안 됐다. 아이마다 다르겠지만 조금 더 크면 건강하게 보들이를 보내 줄 수 있지 않을까 생각했다. 닳고 닳은 첫째의 첫 애착 이불은 장롱 안에 들어가 있다. 새로운 보들이를 좋아하게 되어 더는 미련 없이 버려도 된다고 말한다. 해진 이불 고집하며 덮을 때는 그렇게 버리고 싶더니 막상 아이가 정을 뚝 떼어 내니 내가 버리질 못한다. 아이가 색칠한 종이나 그림 조각도 버리기 쉽지 않은데 첫 애착 이불은 오죽할까.

윤우는 혼이 나면 방으로 들어가 이불을 꽁꽁 덮어쓴다. 숨 막히지는 않을까 하는 마음에 벗겨 내려고 하면 못 하게 한다. 그러다 잠이 든다. 이불을 벗겨 내면 땀으로 축축하다. 자고 일어난 윤우가 눈을 비비며 다가온다. 자기 전 일은 잊었는지 엄마를 마주 보며 안는다. 온몸을 이리저리 흔들며 장난을 친다. 그러다 꼭 안고 말한다.

"이히히. 엄마가 너무 좋아."

애착 이불에서 느끼던 포근함을, 엄마에게서도 느끼길 바라며 아이를 꼬옥 안았다.

더 리더 : 책 읽어 주는 엄마

첫째가 8개월, 책 육아를 알게 됐다. '아이가 책을 접하는 것이 빠르면 빠를수록 좋다, 배 속에 있을 때부터 읽어 주면 더할 나위 없다.'라는 말을 듣고 뜨끔했다. 태교라고는 동화책 몇 장 읽어 주다가 오글거려서 덮어 버린 게 다였다. '엄마 마음이 편한 게 최고의 태교지.' 생각하며 그저 몸과 마음의 편함만 추구했다. 책의 중요성은 알고 있었지만 왜 아이에게 읽어 줄 생각은 못 했을까?

중고로 전집을 주문하고 읽어 주기 시작했다. 그 무렵 둘째가 생겼다. 첫째에게 읽어 주는 책이 둘째에겐 태교였다. 첫째가 25개월, 시계는 새벽 2시를 가리켰다. 아이가 졸려 하는 기색이 보이자마자 자자고 말했다.

"이제 자자. 선우 읽고 싶은 책 골라 봐. 엄마가 방에서 읽어 줄게."

"이거, 이거."

하며 책장의 책을 다 뽑아낸다.

"엄마 무거워서 다 못 들고 가. 엄만 요것만 들고 갈래. 먼저 방에 간다."

요것만 해도 한 아름이다. 아이는 거실과 방을 왔다 갔다 하며 책을 나른다. 제 키만 하게 책 탑을 쌓았다. 책이 있는 환경을 만들어 주니 아이는 책을 장난감처럼 가지고 놀았다. 책장의 책을 왕창 뽑아서 탑도 쌓았다가 한두 권 주워 넘겨 보기도 했다. 둘째는 그 틈에 끼어 놀았다. 형이 흩어놓은 책 틈을 기어 다녔다. 그야말로 배 속에서부터 태어나자마자 책의 환경 속에서 자랐다. 선우를 보며 '모든 아이는 책을 좋아하게 태어난다.'라는 책 속의 말이 와닿기 시작했다.

"엄마, 책, 책, 또, 또 ……."

말을 하기 시작하면서 '책'과 '또'를 외쳐댔다. 돌이 안 된 둘째와 에너지를 뿜어내기 시작하는 첫째를 함께 보는 가장 쉬운 놀이가 책 읽어 주기였다. 앉아서 읽어 주기만 하면 됐다. 그렇다고 마냥 편한 것만도 아니었다. 속으로는 '인제 그만 읽으면 좋겠다. 제발 자자!'라는 말이 튀어나오려고 했지만, 꾹꾹 눌러 담았다. 책에 흠뻑 젖어 들 수 있게, 읽고 싶은 만큼 읽다 자고 느지막이 일어나는 생활을 반복했다.

저녁을 먹고 사람들이 자기 시작하는 밤이 다가오면 이상한 긴장감이 감돌았다. 아이와 둘이서 보낼 새벽 시간이 떨렸다. 이 세상에 나만 혼자 남은 것 같은 기분, '나는 지금 여기서 뭐 하고 있나?' 하는 생각이 들었다. 교대 근무 서듯이 남편과 번갈아 가며 아이 책을 읽어줬다. 피곤해서 짜증을 낼 때면 남편이 한 번씩 말했다.

"그럴 거면 애를 일찍 재워!"

밤늦도록 애를 안 재운다고 이상하게 보는 시선이 많았다. 그때 유일하게 지지해 준 사람이 남편이다. 그런 남편의 한마디가 더 외롭게 느껴졌다. 남편도 일하랴 어린애들 보랴 힘들었던 시기였다. 둘 다 체력적으로 벅찼다. 그럼에도 낮보다 밤에 더 집중해서 책을 봤기에, 밤 책 읽어 주기를 포기할 수 없었다. 선우가 책에 빠진 시기가 윤우가 태어난 지 얼마 안 될 때여서 어떻게 하루가 지나가는지 몰랐다.

둘째를 계획 중인 친구에게서 전화가 왔다. 두 살 터울을 두고 갖고 싶은데 다른 사람들 이야기를 읽어 보니 못 낳겠다고 했다. 두 살은 두 살대로, 세 살은 세 살대로, 네 살은 네 살대로, 둘 키우는 것은 힘들다는 이야기였다.

"도대체 넌 어떻게 연년생을 키웠어? 생각하면 할수록 대단해……."

"그런 글 읽지 마. 나야 모르고 키웠지 뭐. 연년생이든 두 살이든 세 살이든 둘부터는 힘들어."

육아에 있어 폭풍과 격동의 시기였다. 그래도 책이 있어서 버틸 수 있었다. 엄마가 자고 싶어 하면 선우가 말했다.

"엄마는 거실에서 책 보고, 나는 옆에서 놀게."

그 말에 일어설 수밖에 없었다. 엄마를 귀찮게 하지 않을 테니 깨어만 있어 달라는 거였다. 여전히 늦게 자는 편이다. 유치원에 다니고부터 열두 시 전에는 잔다. 유아 때처럼 낮과 밤이 뒤바뀌어 생활할 수가 없다. 한 번씩 그 시기에 적어 놓은 글과 사진을 본다. 둘째 임신 중이던 새벽 4시에 24시 뼈다귀해장국 먹으러 간 일, 새벽에 산책하던 일, 동틀 무렵 잠이 들었던 일…. 고독하고 외롭던 그때가 벌써 그립다. 남편도 같은 생각이었다. '더 즐기면서 그 시간을 보낼걸….' 언젠가는 지나갈 텐데 당시에는 힘들게만 느껴졌다. 지금도 마찬가지다. 힘들다 힘들다 하지만 곧 지금이 그리워질 미래가 다가오고 있다. '3년 뒤의 나는 3년 전의 나를 후회하지 않도록 하자!'는 다짐을 한다.

온종일 몸이 쳐진 날이었다. 잠은 쏟아지고 힘은 없고 평소와 달랐다. 낮잠을 몇 번이나 잤는지 모르겠다. 밤에도 쓰러지듯 누웠다. 다시 일어날 생각이었는데 그대로 자버렸다. 눈이 떠진 어둑한 새벽, 흩어진 책의 실루엣이 보였다. 선우가 책 넘겨 보던 모습까진 기억이 나는데 먼저 잠이 들어 어떻게 잤는지도 모르겠다. 아이 머리맡에 책이 펼쳐져 있다. '혼자 책 보다 잠들었구나.' 전날 피곤해서 짜증 내던 내 모습이 떠올랐다. 아이에 대한 미안함을 남편에게 이야기했다.

"괜찮아, 이러나저러나 애들은 잘 자랄 거야. 미안해하지 마. 충분히 잘하고 있어."

책을 보다가 '집에는 자기가 좋아하는 몇 권의 책만 있으면 된다'라는 글을 읽었다. '자기가 좋아하는 몇 권의 책을 발견하기 위해선 집에 책이 많이 있어야 하지 않을까?' 생각하던 중 다음 대목에서 멈칫했다. '아이가 좋아하는 책을 만족할 때까지 함께 읽어 주었는가?' 우리 아이들만 봐도 계속 가져오는 반복되는 책이 있다. 무엇보다 아이 책 읽어 주기에 소홀해진 나를 되돌아보았다. '아이가 책 읽어달라고 말하는 게 어딘가? 계속 읽어 주는 게 뭐 힘든가?' 그런데도 나는 내 책을 읽고 싶어서, 내가 끝내야 하는 일이 급해서 아이 책 읽어 주는 것을 조금 귀찮아했다. 얼마나 뜨끔했는지 모른다. 초심을 잃어도 너무 잃어버렸다. 그러고 선우를 바라보는데 미안했다. '너는 책을 좋아하는 아이로 커가고 있는데 엄마는 그 길에서 잠깐 방황하고 있었구나. 책과 깊어지는 시기를 엄마가 방해하고 있었구나. 네가 책 읽어 달라고 가져올 때마다 엄만 그게 중요한 일임을 알면서도 내쳤었구나……' 조용해서 아이가 뭐 하나 싶어 보면 책을 넘기고 있다. 처음 '책 육아'라는 세계를 알게 되었을 땐, 이 모습 보기를 얼마나 고대했는지 모른다. 이제 아이들이 책 보는 모습은 일상의 한 부분이 되었다. 다만, 얼마나 깊어지느냐는 내 몫으로 남겨진다. 엄마가 해야 할 일은 아이들이 책 가져올 때 귀찮아하지 않고 1순위로 책 읽어 주기! 자기 전 꼭 책 읽어 주기! 어릴 땐 책 읽어 주며 재웠는데 스탠드 고장을 핑계로 밤 책 읽어 준 지도 오래됐다. 그날 바로 튼튼한 스탠드를 구매했다.

책 넘겨 보는 형 옆에서 흉내 내던 윤우가 어느새 책에 빠져든 시기가 왔다. 일어나자마자, 놀다가도 책을 넘겨 본다. 자동차 뒷좌석 가운데엔 책가방이 두 개 있다. 차로 이동하면서도 책을 본다. 부모가 아이에게 물려줄 수 있는 최고의 유산은 좋은 습관을 길러 주는 것. 그중 하나가 책 읽는 습관이라 생각한다. 자기 전에도 일어난 직후에도 책을 안고 눈 비비며 걸어 나오는 아이들. 밥 먹을 때도 책 보는 아이들을 보며 환경의 중요성을 실감한다. 아이 그림책을 읽어 주다가 따뜻한 그림과 내용에 울컥할 때가 많다. 이런 책을 보며 자라는 아이들은 따뜻한 마음을 가질 수밖에 없겠구나. 자극적인 영상보다 따뜻한 그림으로 아이 마음이 가득 채워지기를, 그 꽉 찬 마음으로 세상을 마음껏 탐험하고 도전하며 살아가기를!

제5장

육아가 힘든 건
똑같아요

내 눈물 모아

"정 서방, 현진이 잘 부탁한다."

집을 나서는 우리에게 외삼촌이 말했다. 눈물이 날 것 같아 서둘러 집을 나왔다.

다음 날 오전 11시 30분. 나의 결혼식이 있는 날이다. 결혼식에 참석하려고 외삼촌뿐 아니라 서울에서도 이모들이 와 계셨다. 신부의 친정이 있는 곳에서 결혼식을 하는 게 보통이지만, 우리는 둘이 함께 대학을 나온 진주에서 식을 올리기로 했다. 일찍 준비해야 했기에 신혼집에서 자고 부모님은 아침에 넘어오시기로 했다.

싱숭생숭한 마음으로 도착한 신혼집에는 촛불과 풍선이 준비되어 있었다. 결혼식 전날 프러포즈를 받았다. 가라앉았던 마음이 잠시나마 들떴다. 새 침대에 누웠는데 잠이 오질 않았다. 엄마 생각이 났다.

'이젠 엄마와 떨어져 사는구나. 이렇게 빨리 결혼하게 될 줄 알았으면 엄마 옆에 있을걸……. 뭐 하러 독립하겠다며 먼 타지까지 갔을까?'

우리 네 식구에게서 나만 떨어져 나와 새로운 울타리로 가는 것 같았다. 눈물이 멈추지 않았다. 그제야 결혼이 실감 났다. 코를 골며 자는 남자친구를 봤다. '이제 또 다른 가족이 생기는구나.' 생각하며 억지로 잠을 청했다.

결혼식은 정신없이 지나갔다. 신혼여행을 갔다 온 후 친정에서 하룻밤을 잤다. 결혼식만 올리면 다 끝인 줄 알았는데 '시집 가는 날'이 남아 있었다. 요즘엔 잘 하지 않는다는, 시댁에서 친정 식구들을 초대하는 날이었다. 아침 일찍 엄마와 미용실에서 올림머리를 하고 한복을 입었다. 올림머리가 마음에 들지 않았다. 길게 땋으면 안 되냐고, 나이 들어 보여서 싫다는 나를 엄마는 철없이 바라보았다.

큰아버지네 식구들과 고모 세 분과 함께 시할머니댁으로 갔

다. 집안 가득 시댁 식구들이 맞아 주었다. 큰집의 장손인 남편
은 삼촌이 셋, 고모가 한 명 있다.

할머니 방에 친정 식구들을 위한 상이 차려져 있었다. 나는
거실에 나와 시댁 식구들과 함께 있었는데 기분이 이상했다.
저 방에 부모님과 큰아빠, 큰엄마, 고모들이 있는데……. 눈물
이 날 것 같아 입술을 꼭 깨물었다. 친척이 있는 방에 들어가
옆에 앉아 있을 때도 태연한 척하려고 애썼다. 술과 음식을 대
접받고 돌아갈 시간이 되었다. 모두 돌아가는데 나만 남았다.
고모가 먼저 눈물을 보였다. 엄마는 차에 타고 있었다. 엄마를
보면 눈물이 날 것 같아 애써 참고 있었는데 고모의 눈물에 참
을 수가 없었다. 어렸을 때부터 고모들이 예뻐해 주던 생각이
스쳐 갔다.

차가 떠났다. 이게 시집가는 날이구나. 이렇게 슬픈 날인 줄
몰랐다. 낯선 이곳에 왜 나만 남아 있는 거지? 떠나는 차를 따
라 나도 가고 싶었다. 멀어져 가는 차를 보며 더는 귀여움만 받
던 어린 내가 아니라는 걸 깨달았다. 결혼하면 어른 대접을 받
는다고 했다. 아무것도 할 줄 모르는 내가 맏며느리가 되었다.
엄마는 이젠 여기가 내 집이라 생각하라고 했다.

결혼하고 한동안은 엄마, 아빠 생각에, 내가 자라 온 유년
시절의 기억에 매일 눈물로 잠들었다.

신규 간호사 때 인연을 맺었던 언니 결혼식에 갔다.

"언니, 새댁이네요! 너무 곱다!"

"네가 더 고왔어. 넌 어린 신부였잖아."

어린 신부. 스물다섯에 결혼하고, 스물여섯에 첫아이를 낳았다. 가까운 친구들이나 지인의 결혼식에 가면 일찍 결혼했다는 사실을 새삼스레 깨닫는다. 20대까지는 밖에 나가면 대학생으로 보기도 했다. 아이가 있다고 하면 놀랐다. 아내로서도 엄마로서도 준비가 되지 않은 채 한꺼번에 모든 게 닥쳐왔다. 이게 무슨 감정일까? 이름 붙이기도 쉽지 않은 감정과 오르락내리락하는 기분에 정신없었다.

결혼은 현실이었다. 당사자만이 아닌 가족과 가족이 합해지는 큰일이었다. 다 좋을 수만은 없다. 동전의 양면처럼 좋은 점이 있으면 안 좋은 점도 있다.

어릴 땐 명절이 좋았다. 맛있는 명절 음식도 먹고 고모네까지 다 모여서 북적거리는 즐거운 날이었다. 클수록 엄마의 수고스러움이, 당연시하던 여자들만의 노동이 보였다. 아가씨일 때가 제일 좋다는 엄마의 말이 결혼해서야 직접적으로 다가왔다. 제사, 명절 음식 모두 분담해서 해 오고 당일엔 합치기만 한다. 음식은 하지 않지만, 뭐라도 거들어야 할 것 같아 종종거리게 된다.

결혼 전엔 제사를 지낼 때 방 안에서 끝나기만을 기다렸다. 그러고는 차려 주는 밥만 먹었다. 지금은 제사 한복을 입고 제수를 나른다. 결혼 후 할아버지, 할머니 제사에 가서 뭐라도 거들려고 하면 엄마는 못 하게 했다.

"너까지 안 도와줘도 돼. 여기 도와줄 사람 많아. 방에 가서 애들이나 보고 있어."

명절 때면 제일 늦게까지 남아 있는 게 우리 집이었다. 할머니 댁에서 하룻밤 자고 그다음 날 점심을 먹고 돌아왔다. 저녁에 고모네까지 다 모이면 떠들썩한 명절 분위기가 좋기만 했다. 엄마도 친정에 얼마나 가고 싶었을까. 어릴 땐 그런 마음을 헤아리지 못했다. 뒤늦게 친정에 가도 보고 싶은 언니, 오빠들은 이미 귀경길에 오른 뒤였다. 결혼해서 엄마가 되어보니 엄마의 마음이 어떤지 더 잘 보였다.

잠이 안 와 뒤척이니 남편이 살짝 깬다.

"잠이 안 와요. 머리가 아파."

남편이 일어나 앉더니 갑자기 발을 주물러 준다. 눈물이 핑 돌았다. 결혼은 많은 부분에서 이전과 다른 삶을 살게 된다. 언제까지고 스물다섯의 어린 신부일 수만은 없다. 부모는 선택할 수 없지만, 결혼은 내가 선택한 삶이다. 다정다감한 남편과 사랑스러운 아이들, 좋은 시댁 식구들. 여기서 더 바라면 욕심이 지나치다는 생각이 들 정도다. '행복한 일상을 살고 있구나.' 생각하며 지낼 수 있음에 감사하다. 그걸로 충분하다.

미워도 다시 한번

　신혼 초에는 남편이 장사를 했다. 새벽같이 떡을 만들고 오후에 아르바이트생이 오면 집으로 왔다. 그리고 총을 만졌다. 스트레스가 풀리고 기분이 좋아진다고 했다. 우리 집은 안방이 1개, 작은방이 2개 있다. 작은방 1개는 아이들 놀이방, 1개는 남편 방이다. 컴퓨터와 총, 온갖 부품과 장비로 가득한 방을 보면 사람들은 놀란다. 손님이 오면 문을 꼭 닫아 놓는 방이기도 하다. 남편의 친구들조차 정말 괜찮냐고 물어볼 정도였다.

　총이 술, 담배 안 하는 남편의 유일한 숨 쉴 구멍이라 생각했다. 누구나 자신을 기분 좋게 만들어 주는 취미 하나쯤 있는 건 좋은 거니까 나도 좋았다. 고개를 푹 숙이고 작은 부품들을 조립하고 있는 모습이 귀엽기도 했다. 다만 서운할 정도로 총만 만지고 있는 게 문제였다.

결혼하면 온종일 붙어 있으면서 이 얘기, 저 얘기 다 하며 살 줄 알았다. 밖에서 힘들게 일하고 와서 피곤해하는 모습을 보면 짠했다. 그 마음에 집안일도, 육아도 웬만해선 내 손으로 하는 편이다. 나름대로 쉬라고 배려하는 시간을 총 만지는 데 쓰니 아까웠다. 차라리 집안일을 도와주거나 대화라도 나누면 좋을 텐데 싶었다. 대화가 부족하단 생각에 알게 모르게 서운한 감정이 쌓여 갔다. 핸드폰이 아니라 내 눈을 봐주었으면, 카톡이 아니라 옆에 있는 나와 얘기를 나누었으면 했다. 머리만 대면 금방 잠이 들어 버렸다.

현명한 아내라면 어떻게 할까? 남편의 취미 생활을 존중해 주며 혼자만의 시간을 갖도록 두어야 하는 걸까? 나만의 취미를 가져서 따로 시간을 보내야 하는 걸까? 고민하다가 얘기했다.

"핸드폰 보고 총 조립하는 데 너무 시간을 많이 쓰는 거 같아요. 나는 선배랑 얘기도 하고 싶고 같이 놀고도 싶은데……."

"밖에서 사람 상대로 종일 얘기하다 보면 집에서는 말 안 하고 싶어져. 총 만지고 고치고 집중하다 보면 아무 생각도 안 나거든. 고치고 나면 뿌듯해서 또 기분 좋고."

'관심도 지나치면 집착'이라는 법륜 스님의 말씀이 떠올랐다. 남편을 좋아하는 건 내 마음일 뿐이고 상대에게 내 마음과 똑같이 맞추라고 할 건 아니었다. 결혼도 서로 맞춰 가는 과정이기 때문에 다퉈 가며 절충안을 찾는 거였다. 법륜 스님은 상대에게 맞추려면 가장 먼저 상대가 나와 다르다는 것을 인정해야 한다고 했다. 연애할 때는 취향도 비슷하고 관심 분야도 비슷한 줄 알았다. 결혼하고 보니 비슷한 건 아주 일부고 취미, 취향, 생활 태도, 옷 벗어 놓는 것까지 다 달랐다. 정리 정돈 안 되는 것, 양말과 옷 뒤집어 벗어 놓고 아무 데나 두는 것은 내가 살아온 방식과 전혀 달랐다. 처음엔 이걸 바꿔 놔야겠다고 생각해서 그러지 말라고 여러 번 얘기도 했다. 사람이 바뀌는 게 어디 쉬운가. 어떨 땐 알겠다고 대답하기도 하고 어떨 땐 뒤집어 빨아야 깨끗하지 않냐며 자기를 바꾸려 하지 말라고 항변하기도 했다.

고객에게 불평을 들었거나 몸이 아주 힘든 날이면 더 말이 없어졌다. 어떤 일이 있었는지, 무엇 때문에 기분이 상했는지 자세히 알고 싶었다. 남편은 이런 일이 있어 기분이 안 좋았다고 짧게 얘기하곤 방으로 들어갔다. 남편이 방문을 닫고 들어 갈 때면 꼭 동굴로 들어가는 것 같다. 닫힌 문을 사이에 두고 함께 있는데도 혼자 있는 것 같았다.

책을 읽기 시작했을 즈음 점점 내려놓았다. 뭐든 함께하고 싶은 것은 내 생각이고 욕심이다. 남편에게도 혼자 있을 시간 과 기분을 충전할 만한 무언가가 필요했다. 나의 관심사가 온통 남편에게 가 있다 보니 말 한마디, 행동 하나에도 신경 쓰고 영 향을 받았다. 좋아하는 남편을 독차지하고 싶었는지도 모른다. 책을 읽다 보니 남편보단 내 마음속에 귀 기울이는 시간이 늘 어났다. 그즈음 해서 남편도 아내의 구속에서 조금씩 해방되어 가지 않았을까? 지금은 퇴근 후 아이들과 놀아 주기 바빠 총은 뒷전이 된 지 오래다.

큰소리를 내며 싸우는 일이 우리 부부에게도 있다. 평소엔 그냥 넘어가던 일이 쌓여서 별것 아닌 일로 건드려진다. 감정이 고조되어 목소리는 높아지고 무서운 눈빛을 한 채 서로 자신을 변호하기 바쁘다. 그 순간은 남편이 밉다. 밉지만 그래도 사랑 하는 사람이란 생각에 싸움은 오래가지 못한다. 이성적으론 설 명이 안 되는 감정이다. 어떻게 미운 순간에도 사랑할 수가 있 지? 그래서 부부인가 보다. 이렇게 금방 화해할 것을 왜 좋게 대화로 풀지 못했을까 후회가 된다. 싸울 때 모습은 상대방뿐만 아니라 나도 못나고 밉다.

　아이와의 관계에서도 내가 미울 때가 있다. 온종일 붙어 있는 아이들과의 관계에서 더 많이 목격한다. 두 아들을 키우면서 내가 괴물 같을 때가 많다. 고삐 풀린 망아지처럼 이성을 잃고 소리친다. 남편에게도 보여 주고 싶지 않은, 나조차도 몰랐던 밑바닥을 본다. 뭘 그렇게 잘못했다고 무섭게 혼을 내는지 정신이 돌아와서야 후회한다. 싸우고 울고 소리치고 떼쓰는 아이들을 보면 속에서 부글부글 끓는다. 어른답게 행동해야 하는데 참을 수 없을 때가 있다. 남편이 소방 합숙 훈련을 받느라 주말부부로 지낸 적이 있다. 아이들과 있으면서 많이도 짜증 내고 화냈다. 그럴 때마다 내가 싫어지고 아이들 볼 면목이 없다. 어느 날 저녁, 바나나를 다 먹지도 않고 자꾸 새것을 달라는 윤우와 씨름했다.

　"(바나나를 가리키며) 바. 바. 바."

　"윤우야 안 돼! 먹던 거 먹어!"

　몇 번 반복되다가 내가 방에 들어가 버리자 윤우가 울어 버린다.

　"엄마, 윤우가 안 좋아하는 건 하면 안 되잖아."

(동생 싫어하는 건 하지 말라고 첫째한테 얘기하던 걸 나한테 얘기한다.)

"윤우가 자꾸 새 바나나 달라잖아. 다 먹지도 않으면서."

"그래도 안 좋아하는 건 하면 안 되잖아. 엄마가 달래 줘야지."

(동생 울리면 형이 달래 주라고 얘기했었다.)

"그래. 미안해 윤우야. 이리 와. 자자."

그렇게 윤우를 재우며 선우에게 말했다.

"선우야, 엄마는… 괴물 같아."

"뭐? 괴물?"

"응. 엄마는 괴물 같아…."

"왜?"

"선우랑 윤우한테 자꾸 화내잖아…."

"아…. 아닌데 엄마는 예쁜 엄만데."

"선우 예뻐! 그냥 예뻐! 선우 자체로 예뻐!"

"그냥 예쁜 거 아니고 너무너무 예쁘지."

이때가 36개월 될 때다. 첫째라 듬직한 면이 있어 나도 모르게 넋두리하듯 얘기할 때가 있다. 그러다 이날처럼 위로를 받는다. 아이 덕에 웃는다. 안 웃으면 "엄마 웃어 봐." 하며 미소 지을 때까지 이것저것 시도한다. 아이가 밥 먹고 노는 모습이 예뻐서 예쁘다고 말하면 엄마가 예쁘다고 말한다. 아이에게 화내는 내가 밉지만, 엄마를 그저 예쁘게만 봐주는 아이를 보며 다시 한번 더 힘을 낸다.

'내 감정 하나 제어하지 못해서 나보다 약한 아이에게 감정을 쏟아 내는 건 못난 행동이야. 못난 모습도 내 모습이니 받아들이고 고쳐 나가자. 아이가 내 감정의 쓰레기통이 되게 하지 말자!' 다짐한다. 엄마도 사람인지라 언제나 상냥할 수만은 없다. 자신의 부족한 점을 받아들이고 노력하다 보면 오늘은 어제보다 조금 더 나은 엄마가 되어 있지 않을까.

그건 사랑이었네

친구가 직장 스트레스가 심해 심리 상담을 받았다. 두 시간 동안 많이 울었다고 한다. 대학 졸업 후 곧바로 취업한 친구는 8년 동안 쉬지 않고 직장 생활을 해 왔다. 한 시간 동안 통화하며 상담받은 이야기를 했다. 친구의 이야기를 듣고 있으니 육아를 막 시작했을 때의 내가 떠올랐다.

충격, 혼란, 원망, 감사에 휩싸였던 시기가 있었다. 내적 불행, 내면 아이 같은 단어를 알게 되면서 끊임없이 유년 시절의 나로 되돌아갔다. 부모님과의 관계, 가정환경, 양육 방식을 생각했다. 친구도 상담하면서 어린 시절로 되돌아갔다. 그때의 경험과 기억이 현재에 영향을 미치고 있음을 알게 됐다. 상담사가 친구에게 해 준 말은 결국 '자기를 사랑하라.'였다. 육아의 과도기를 겪던 내게도 필요한 말이었다.

부엌에서 점심을 준비하고 있었다. 등 뒤에서는 아이들이 배고프다고 난리였다. 밥에 계란프라이와 간장, 참기름, 깨소금을 넣어 비볐다. 식판에 나눠 담으려는 찰나 '쨍그랑' 소리가 들려왔다. 후다닥 거실로 뛰어갔다. 건네주고 갈 때부터 불안불안하던 유리컵을 윤우가 깨트리고야 말았다.

"윤우야!"

소리치니 시무룩한 표정을 짓는다. '아차! 괜찮은지부터 물어봤어야지!' 움직이지 말라 해 놓곤 깨진 유리를 치웠다. 찔리면 아플 수 있으니 위험해서 소리쳤다고, 변명 아닌 변명도 덧붙였다. '괜찮아? 안 다쳤어?'란 말보다 이름을 먼저 큰 소리로 부른 게 미안했다. 유리컵에 물을 준 내 잘못이지 아이가 무슨 잘못이겠는가? 머리로는 알면서도 말과 행동은 이렇게 한 박자 어긋난다.

초등학교 2학년이었던 겨울, 감기에 걸려 자꾸만 마른기침이 났다. 온 가족이 다 같이 자던 때였다. 참으려고 해도 기침이 계속 나왔다. 무슨 기침을 그리 많이 하냐며 아빠가 돌아누웠다. 엄마는 그런 아빠를 타박하며 기침이 자꾸 나와서 어떡하냐고 내게 따뜻한 유자차를 타서 가져다주었다. 아이가 아프면 부모도 잠 못 이룬다. 아파서 칭얼대는 아이를 어르고 달래서 겨우 재운다. 온종일 피곤하다. 잠을 못 잔 날이 이어지면 피로가 쌓이고 예민해진다. 그럴 때 아픈 내게 건넸던 엄마의 다정한 말과 따뜻한 눈빛을 떠올린다. 유리컵을 깼을 때도 마찬가지다. 엄마는 괜찮냐고, 안 다쳤냐고 먼저 물어봐 주었다. 오늘의 나처럼 이름부터 크게 부르지 않았다.

엄마가 슈퍼에 간 사이 남동생과 뛰어놀다가 커튼이 우두둑 찢어졌다. 어떡하지, 어떡하지 하다가 동생과 현관 앞에서 무릎 꿇고 손을 들고 있었다. 문을 열고 들어오던 엄마는 왜 그러냐고 물었다. 혼날 생각에 잔뜩 긴장한 채 동생과 놀다가 커튼이 찢어졌다고 말했다. 엄마는 괜찮다며 아무렇지 않다는 듯 얘기했다.

"엄마, 왜 우리 혼 안내? 화 안 났어?"

"놀다 보면 그럴 수 있지. 잘못한 거 반성했으니 괜찮다."

그날의 기억이 선명하다.

엄마가 괜찮다고 하면 안 괜찮던 마음도 풀어지고 괜찮아졌다. 엄마는 내게 정신적 지주였다. 엄마에게 칭찬받기 좋아하던 딸, 착하다는 말을 듣기 좋아하던 딸이었다. 누군가 '현진이는 참 예의 바르고 착해요.'란 칭찬을 하면 엄마가 좋아하는 것 같았다. 그래서 더 착한 딸이 되고자 했다. 내 아이도 착한 아이로 키우고 싶었다. 하지만 아이를 낳고 육아서를 읽다 보니 그게 아니었다. '착한 아이 콤플렉스'란 말을 처음으로 알게 되었다. 그게 바로 나일 수도 있단 생각에 혼란스러웠다. 착한 아이 콤플렉스란 '타인으로부터 착한 아이라는 반응을 듣기 위해 내면의 욕구나 소망을 억압하는 말과 행동을 반복하는 심리적 콤플렉스'를 뜻한다. 내가 착한 아이 콤플렉스라고? 착하지 않으면 사랑받을 수 없다고, 버림받을까 봐 두려워했던 이유는 무엇이었을까?

수업 시간에 가장 즐거웠던 기억과 가장 슬펐던 기억을 써 보는 시간이 있었다. 가장 슬펐던 기억은 부모님이 크게 다투던 때였다. 큰 소리가 오갔다. 방에서 동생과 함께 싸움이 얼른 끝나기만을 기다리며 울었다. 부모님이 싸우던 모습은 어른이 돼서도 강하게 남아 있다. 그렇기에 아이 앞에서 남편과 다투는 모습을 보이지 않으려고 한다. 그러나 알면서도 감정이 격해지면 조심하는 게 쉽지 않다. 남편과 얘기할 때 목소리가 조금만 커져도 첫째가 중재에 나선다.

"크게 말하면 안 되지! 작게 얘기해. 그러면 선우 싫잖아!"

아이도 냉랭한 분위기를 느낀다. 엄마 아빠 사이에서 중재하는 선우를 보며 어린 시절의 내가 떠올랐다. 동생과 나는 어릴 때 아빠가 무서웠다. 화를 낼 때면 말도 못 꺼냈다. 엄마도 화내는 아빠가 무서웠을 텐데…… 방으로 도망가지 말고 엄마 옆에서 작은 목소리라도 내 볼 걸 그랬다. 그랬다면 불같이 치솟은 감정이 조금이라도 누그러졌을지 모른다.

엄마 아빠를 혼내는 듯하지만 선우 목소리에 불안감이 섞여 있었다. 그 모습에 둘 다 말을 멈췄다. 잠깐이었지만 말 대신 머리로 생각하고 감정을 가라앉히는 시간을 벌어 주었다. 아이 덕분에 냉랭했던 분위기는 오래가지 않았다.

중학교 2학년 때 핸드폰이 갖고 싶었다. 부모님께 사 달라고 아무리 노래를 불러도 사 주지 않았다. 그러던 어느 날, 일을 마치고 집으로 돌아온 엄마 손에 새 핸드폰이 들려 있었다. 갑자기 웬 핸드폰이냐며 마냥 신났다. 지나고 나서 안 사실이지만 아빠와 헤어지려 마음먹고 나와 연락할 핸드폰을 산 거라고 했다. 내 첫 핸드폰에 그런 슬픈 의미가 담겨 있었다니…. 지금은 웃으며 얘기하지만, 그때 엄마 마음은 어땠을까?

엄마가 우리를 떠날지도 모른다는 마음이 은연중에 생겨서 더 착한 딸이 되려고 한지도 모르겠다. 그걸 엄마가 되고서야 깨달았다. 육아는 아이를 키우는 동시에 나를 키우는 일이라더니 끊임없이 나를 되돌아보게 만든다.

부모님은 부모님 선에서 최선을 다해 우리를 키웠음을 이제는 안다. 유리컵을 깨트려도 혼내지 않고 괜찮냐고 먼저 물어봐주던 엄마. 더는 호랑이처럼 무섭지 않고 사랑한다는 애정 표현도 하는 아빠. 두 분이 많이 보고 싶어지는 날이다.

내게도 지나온 시간이 있다

"빨리 커서 걸어 다니면 좋겠어. 그럼 좀 편하지 않을까?"

둘이서 잘 노는 선우와 윤우를 보면 이제 갓 결혼하거나 아이 엄마가 된 친구들은 나를 부러워한다. 이젠 다 키워서 편하겠다고 말한다.

"아, 나도 일 안 하고 아기랑 놀이터에서 놀고 싶다!"

아이들과 매일 놀이터에 출근 도장 찍는 나를 부러워하는 친구도 있다.

하지만 나에게도 지나온 시간이 있다.

오늘 '이브닝' 근무를 하고서 내일은 '데이' 출근을 해야 하는 남편이 일찍이 잠자리에 들었다. 숙면을 위해 핸드폰은 압수했다. 불도 끄고 문도 닫고 집을 나왔다. 거실에서 떠드는 아이들을 데리고 마트에 다녀왔다. 혼자 아이 둘을 데리고 마트에 가는 건 어째 좀 쓸쓸하다. 12시에 문 닫는 마트에 11시가 넘어서야 가는 우리 집. 오늘도 계산대의 아주머니가 반겨 주신다. 밤 12시. 윤우는 오는 길에 아기 띠를 해서 재웠고, 이젠 본격적으로 선우와 나만의 '밤 시간' 시작이다. 잠이 오면 낭패다. 내가 잠이 오면 아이한테 짜증을 내고 어떻게든 재우려 하기에 커피도 마시고 새벽을 함께 보낼 책도 고르며 단단히 이 밤을 준비한다. 새벽 3시. 깨끗했던 거실이 어질러진다. 이건 그나마 깨끗하게 어질러진 거다. 선우는 책도 봤다가 스티커도 했다가 퍼즐도 했다가 가위질도 한다. 싹둑싹둑. 새벽 4시. 설거지도 한다.

그런데 모기 때문에 남편이 깼다. 핫도그를 하나 먹곤 기별도 안 간다고 한다. 추가로 데워 주려고 빈 그릇을 들고 부엌에 갔더니 선우가 그런다.

"그릇 씻어 줘?"

부엌에서 한동안 물소리가 난다. 물소리가 꺼진 부엌에 가 보면 그럴듯하게 재활용품이나 그릇을 씻어 놓았다. 새벽 5시가 넘어가면서 한계가 오는데 윤우마저 일어난다. 남편은 어중간하게 깨서는 다시 자지도 않고 다음 날 갈 야간 서바이벌 게임을 준비한다. 남편이 선우랑 놀이방에서 놀다가 뻗은 나를 자라며 방에 보낸다.

"으아, 나 도저히 안 되겠어요. 잠이 너무 와요. 선우가 안 자요."

잠결에 중얼중얼 말했다. 방에 잠깐 누웠는데 남편이 선우만 재워 달란다.

"엄마 곰곰이~ 곰곰이 읽어줘."

힘겹게 곰곰이를 읽어 주고 있는데 윤우가 퍽퍽 방문을 밀며 기어 온다. 혼자 깔깔거리며 자려고 누운 형을 덮친다. 짜증이 나기 시작한다. 새벽 6시. 선우가 잠들고 아직 잠들지 않은 윤우와 1시간 뒤면 출근할 남편을 두고 나도 잠이 들었다. 어떻게 윤우를 재웠고 어떻게 남편이 출근했는지 모르겠다. 오전 9시에 눈이 떠졌다. 아이들이 잔다. 나도 더 자야 하는데 잠이 안 온다.

오늘 하루는 또 어떨까……? 다른 아이들은 등원 준비로 일어나 씻고 하루를 시작할 시간에 우리 아이들은 한밤중이다.

그냥 조금 다르게 크는 것뿐이다. 어디 가야 하는 것도 아니니 놀 만큼 놀고 잘 만큼 자고 그 사이에서 내 시간을 찾는다. 언젠간 규칙적인 생활을 해 갈 아이들이지만 그때 가서 못하면 어쩌지 하는 걱정은 안 한다. 그렇지 않을 것을 믿기에. 밤에 잠만 잘 자 줘도 편한 시기에 선우, 윤우 둘 다 아토피로 고생했다. 나도 잠을 못 자 힘들었다. 선우는 이제 괜찮다. 윤우도 괜찮았는데 다시금 아토피가 올라와 긁느라고 종종 뒤척인다. 선우처럼 윤우도 좋아질 거라 믿는다. 나도 이 시기를 잘 지나가리라 믿는다. 내게 건투를 빈다.

내게 건투를 빌던 그 시기. 글과 사진으로 남겨 놓길 잘했다. '내가 정말 이렇게 생활했다고?' 나조차도 믿지 못했을 시간이었다.

아이가 걷기만 해도, 말하기만 해도 조금 나아진다. 모든 것을 엄마가 해 주지 않아도 되고 자신의 의사를 더 분명하게 전달할 수 있어서다. 신생아 땐 엄마가 잠을 푹 자지 못하니 몸이 힘들다. 먹이고 씻기고 갈아입히다 하루가 금방 간다.

일하러 가는 대신 아이와 놀이터에서 노는 게 더 좋아 보이는 친구 마음도 이해는 간다. 하지만 한편으로는 서운하다. 친구들이 직장에서 경력을 쌓고 예쁘게 꾸미고 놀러 다닐 때 나는 엄마의 삶을 살았다. 아가씨 때의 자유로움, 예쁘게 나를 가꾸고 싶은 마음을 내려놓고 갓 태어난 아기를 바라봤다.

친구들이 부러워 눈물로 지샌 밤도 숱하다.

'나도 예쁜 옷 입고 놀러 가고 싶어……'

'영화도 보고 커피도 마시면서 나만 신경 쓰면 되던 때로 돌아가고 싶어……'

그런 생각을 하는 내가 안쓰러웠고 아이에게는 미안했다. 그래서 생각을 바꿨다. 다시는 오지 않을 지금, 이 순간만 바라보려고 했다. 카톡과 인스타그램 계정을 탈퇴한 것도 그맘때였다. 작은 화면 속 타인의 삶이 아닌 나와 우리 가족만 보기로 했다.

내게도 지나온 시간이 있다. 나를 내려놓고 엄마로서 사는 삶은 상상 그 이상이었다. 어떤 일을 이뤄낸 사람에게 '넌 똑똑하니까'로 일축한 말이 왜 서운한지 이제야 알게 되었다. 자신의 목표를 이루고자 견디고 노력한 시간은 배제된 채 한 말이기 때문이다.

연년생 형제 둘이서 잘 놀기까지의 시간, 그 시간 속에는 방황하고 중심을 잡아가던 과거의 내가 있다. 나도 좋은 엄마가 되고 싶다고 깨닫던 날, 아이는 어떻게 키워야 할지, 어떤 사람으로 자랐으면 하는지 머릿속이 뒤죽박죽 복잡했다. 마음이 급해졌다. 생각해 본 적 없는 문제라 시간이 오래 걸렸다.

아이에 대한 고민이 나로 옮겨 갔다. 나의 정체성과 존재 이유를 고민하는 시간이 이어졌다. 나는 왜 사는가? 어떻게 살아야 하는가? 답이 보일 듯 보이지 않는 안갯속 같은 시간, 그 시간이 쌓여 가니 안개가 서서히 걷히고 물음에 대한 답이 보이기 시작했다. 우리 집만의 육아관이 자리를 잡아 갔다.

아이들은 어릴 때 잘 아프다. 조그만 아이가 콜록콜록 기침하고 열이 39도를 오르내릴 때면 무섭다. 이러다 큰일이 날 것만 같다. 당장이라도 응급실로 뛰어가고 싶다. 그 시간이 지나니 지금은 잘 아프지도 않고 감기에 걸려도 가볍게 앓고 지나간다. 아이가 건강하게 잘 크고 있는 게 감사하면서도 아쉽고 아깝다. 6년 뒤면 중학생 엄마가 된다. 키는 나와 비슷해지거나 더 커지겠지? 목소리는 변성기가 와서 걸걸해질지도 모른다. 변해 있을 아이 모습도 궁금하지만, 지금과 또 다르게 달라져 있을 내 모습도 궁금하다. 10년이라는 시간 속에 나는 얼마나 더 자라 있을까? 내가 지나온 시간에 당당할 수 있는 사람이 되고 싶다.

마음이 텅 빈 것 같을 때

책을 읽다 보면 속에서 꿈틀대고 움직이는 게 있다. 성장에 대한 욕구다. 책에 빠져 있을 때 그 욕구는 더 깊어졌다. 나도 멋진 엄마가 되고 싶어! 멋진 여성이 되고 싶어! 육아는 엄마가 성장할 수 있는 좋은 시기라는데 그 시기를 잘 활용해 보고 싶었다. 육아서에서 자기계발서로 옮겨 가면서 이것저것 시도하기 시작했다. 하루 24시간을 기록해 보는 데일리 리포트, 감사 일기, 성공 일기, 확언, 새벽 기상, 독서, 블로그 글쓰기. 이 모든 것을 체크리스트로 만들어 하루 안에 다 했다. 성장한 사람들의 성공 습관이라고 해서 무작정 따라 했다. 그리고 글쓰기 수업을 들으며 첫 책의 초고를 썼다.

아이들은 세 살, 네 살이었다. 여전히 손도 많이 가고 자기 주장이 강해져 고집도 세질 때였다. 어린이집에 보내지 않고 집에 데리고 있었기에 내 시간 만들기가 더 힘들었다. 그래도 자투리 시간을 알뜰히 쓴다는 데 뿌듯해했다. 꾸준히만 하면 내가 한층 더 성장할 것만 같았다. 그즈음 일주일에 한 번씩 타지에서 하는 엄마 성장 모임에도 참가했다. 교류하는 이 없이 아이들과만 지내다가 사람들을 만나니 떨렸다. 성장이라는 공통된 목표를 가지고 모였기에 그 분위기에 더 고취되는 것도 있었다.

온라인으로 처음 독서 모임에 참여해 봤다. 일주일에 한 권씩 지정 도서를 읽고 화상 채팅으로 책에 관한 이야기를 나눴다. 혼자서만 읽고 생각하던 책으로 여러 사람과 의견을 나누는 건 처음이었다. 모두 해 보지 않았던 일에 대한 새로운 도전이었다. 한 해 동안 내가 벌인 일이다. 어떻게 이걸 다 했을까? 어디서 그런 의욕과 체력이 나왔을까?

워라밸을 이루고자 했지만, 어느 때보다 잃고 지냈다. 워라밸은 일과 개인 삶의 균형(work–life balance)의 줄임말이다. 육아가 내 직장이었고 내가 하고 싶은 일은 개인 삶이었다. 그 균형을 잘 맞추지 못했기에 피곤하고 예민해졌다. 육아가 행복함에도 짜증이 났고, 내 시간을 더 갈구하게 됐다. 아이는 늘 그랬듯 엄마에게 놀아 달라고 요구했을 뿐이다. 오늘 해야 할 일을 오늘 안에 끝내지 않으면 안 되는 것처럼 매달렸다.

"잠깐만! 엄마 이거 좀 하고!"

아이를 뒷전으로 미루기도 했다. 함께 행복해지려고 시작한 일이었다. 어느새 육아는 내게 2순위가 되었고, 나를 숨 막히게 하는 일이 되었다. 엄마를 부르는 소리에 한숨을 내쉬었다. 문득 '나 지금 뭐 하고 있지? 이건 아니지, 뭣이 중한디……? 너 지금 뭐 하고 있니……? 이러다 이도 저도 안 되겠다.' 현실을 자각했다. 아이에 대한 미안함과 고갈되어 버린 나. 그날 이후 모든 걸 내려놓았다.

지금 내게 중요한 아이와의 시간에 집중하기로 했다. 매일 똑같이 반복되는 감사 일기를 쓰기보단 매 순간에 감사하기로 했다. 성공에 집착하는 마음도, 시간을 허비하지 않으려고 24시간을 기록하는 일도 그만두었다. 그보단 아이가 하자는 것을 하고 봐 달라는 것을 봐주며 틈틈이 책을 읽었다. 마음이 편안해졌다. 그제야 내가 놓치고 있는 것이 보였다. 엄마가 성장하려고 노력하는 게 잘못됐다는 것이 아니다. 육아는 엄마가 성장할 수 있는 시기지만 시간에 쫓길 필요가 없다. 육아를 해내고 있는 그 자체로 엄마는 이미 한 단계 성장 중이다. 내가 꾸준히 할 수 있는 일 한두 가지만 하기로 했다. 독서와 블로그에 일상을 기록하는 거였다.

블로그를 자신이 이루고 싶은 일을 시작하는 발판으로 삼기도 한다. 블로그를 시작하는 엄마들이 늘고 있다. 포스팅을 보면 다둥이 엄마, 워킹맘임에도 여러 가지 일을 해내는 사람이 많다. 끊임없이 성장하고 자신의 가치를 높여 가기 위해 노력한다. 그 열정에 놀라고 그들이 존경스럽다. 한편으론 영어 공부도 해야 할 것 같고, 블로그도 잘 가꿔야 할 것 같고, 유튜브도 시작해야 할 것 같다. 안 그러면 나만 뒤처지는 것 같다. 뭐라도 해야 한다는 압박감을 느낀다.

블로그를 통해 뭔가 이뤄내야겠다고 생각하니 부담으로 다가왔다. 그 마음도 내려놓았다. 아이와 함께 보낸 일상을 기록하는 자체가 즐거움이 됐다. 아이가 한 말과 행동, 있었던 일, 아이를 보며 느꼈던 감정을 쓰면서 마음이 차분해졌다. '이 순간 내가 왜 그렇게 화를 냈을까?', '내가 또 놓치고 있는 게 있나?' 되돌아보게 됐다. 하루를 마무리하고 정리하는 시간이 되었다.

더 나은 내가 되고 성장하고 싶은 마음을 내 상황과 체력에 맞게 잘 분배해야 한다. 그 시기의 나처럼 한쪽이 너무 앞서 나가면 기울어지고 만다.

아이를 키우다 보면 나라는 존재는 없어지고 엄마라는 직함만 남아 있는 것 같다. 먹이고 입히고 씻기는 똑같은 일상이 반복된다. 무얼 해도 재미가 없다. 뭔가 하고 싶다는 의욕도 생기지 않는다. 육아의 과도기 시절 나의 정신을 붙들어 준 건 책이었다. 하지만 책도 읽기 싫고 아무것도 하고 싶지 않을 때가 있다. 그럴 땐 영화나 드라마, 휴먼 다큐멘터리를 본다. 책은 활자를 통해, 영화, 드라마, 다큐멘터리는 영상을 통해 삶을 보여준다. 지치고 힘들 땐 내 문제에서 잠시 떨어져 다른 사람의 삶을 들여다보는 것도 좋은 쉼이 된다. 그러다 보면 복잡했던 머릿속도 조금 나아지고 해결 방안이 떠오르기도 한다. 사람이 살아가는 모습은 비슷하지만 다 다르다. 다양한 생활 모습과 가치관을 가진 사람을 보면서 우물 안 개구리 같은 시각을 벗어나기도 한다. 나와 비슷한 사람을 볼 때면 동질감을 느낀다. 공감 그 자체로 어떤 위로를 받기도 한다.

이마저도 도움이 안 될 때가 있다. 마음이 텅 빈 것처럼 공허하다. 도대체 왜 그럴까? 이유도 모르겠다. 한 번씩 그런 시기가 찾아온다. 그럴 땐 아무것도 하지 않는다. 책도 영상도 보지 않는다. 멍하게 있다가 매 끼니 아이들 챙겨 먹이고 청소를 하고 몸을 움직인다. 그러다 보면 다시 책을 읽고 싶기도 하고 맛있는 게 먹고 싶기도 하다. 잠깐의 외출로 기분전환이 되기도 한다.

엄마라는 존재를 단순하게 보기로 했다. 완벽주의자로 사는 게 힘들고 불가능한 일임을 알면서도 왜 엄마라면 다 가능하다고 생각한 걸까? 엄마 위에 슈퍼우먼 가면을 덧씌웠던 건 아닐까? 엄마도 사람이다. 모든 걸 다 잘할 필요는 없다.

비행기 사고가 났을 때, 어른이 먼저 산소 호흡기를 쓴 다음에야 아이에게 씌워 줄 수 있다. '엄마가 행복해야 아이도 행복하다.'라는 말도 같은 맥락이 아닐까? 엄마 자신의 행복이 우선되어야 아이에게 그 행복한 기운이 전해진다. 그 시기의 내가 놓치고 있었던 것은 '나와 아이의 행복'이었다. '내가 성장하면 더 나아질 거야. 더 큰 행복이 올 거야.'가 아니었다. 그 순간에 주어진 일상에 감사함을 느끼고 행복을 누릴 줄 아는 마음이 부족했다.

어느 저녁이었다. 침대에 멍하게 앉아 있다가 남편에게 말했다.

"나 요즘 마음이 텅 빈 것 같아요."

"그래? 왜 그렇지?!"

"몰라요. 아무것도 하기 싫고 의욕도 안 생겨요. 마음 곳간이 빈 것 같아."

"그럼 배 속 곳간부터 채워야겠다! 아까 붕어빵 먹고 싶댔지? 붕어빵으로 곳간 채워 줄게!"

그 말에 피식 웃었다. 집에서 쉬고 있으라며 아이들 옷을 입혀 나간다. 소란스럽던 집이 순식간에 잠잠해졌다. 잠시 뒤 붕어빵이 가득 담긴 봉지를 받았다.

"아줌마가 떨이라면서 이거 다 담아 줬어! 선우는 엄마랑 같이 먹을 거라고 오는 길에 안 먹고 참더라. 윤우는 오면서 하나 다 먹었어."

엄마와 함께 먹으려고 기다린 첫째, 먹는 거 앞에서 잘 못 참는 둘째, 귀찮을 법도 한데 아내를 위해 붕어빵 사러 갔다 온 남편. 추위에 볼이 빨개진 세 남자를 바라봤다.

"먹고 쉬고 있어! 애들이랑 산책 갔다 올게."

침대에 비스듬히 기대 붕어빵을 먹었다. 이 많은 걸 언제 다 먹지 싶었는데 술술 넘어갔다. 다섯 개는 먹은 것 같다. 배가 불렀다. 남편과 아이들이 밤 산책을 끝내고 돌아왔다. 다시 집안이 와자지껄해졌다. 텅 빈 것 같던 마음이 부른 배와 함께 다시 채워지는 것 같았다.

엄마라는 자리, 아내라는 자리가 내 이름 석 자를 앞세워 가는 것 같아서 공허할 때가 있다. 반대로 그 자리 덕분에 내가 다시 채워지고 일어나는 힘이 되기도 한다.

6

우리는 언제나 다시 만나

대학을 졸업하고 곧바로 취업했다. 일을 잠시 쉬는 동안 결혼하고 아이를 낳았다. 연달아 둘째까지 낳게 되면서 일과는 점점 멀어졌다. 아이가 조금 크면 일을 시작해야지 생각했다. 가정 보육을 택하면서 그 시기가 조금 더 늦춰졌다. 사회로 다시 나가는 시기를 아이들이 초등학생이 될 때로 정해 뒀다.

학교 갔다가 집에 오면 엄마가 있는 게 좋았다. 문을 열고 집에 오면 엄마는 빨래하고 있거나 부엌에 있었다. 초등학교 3학년 때였다.

"엄마가 다시 일을 시작하려고 하는데 괜찮겠어?"

나와 동생은 괜찮다고 했다. 엄마는 결혼 전까지 하던 한약
방 일을 다시 시작했다. 부모님은 우리보다 일찍 집을 나섰다.
동생과 둘이서 엄마가 차려 놓은 아침을 먹고 학교에 갔다. 집
에 돌아와 문을 여니 깜깜했다. 불을 켜도 집안은 조용하기만
했다. 우리 집이 아닌 거 같았다. 엄마가 일을 다니면서 혼자 해
야 하는 일도 늘어났다. 밥 챙겨 먹기, 설거지하기, 청소하기,
옷 챙겨 입기……. 동생도 함께 챙겨야 했다. 일을 마치고 돌아
온 엄마는 피곤해 보였다. 그런 엄마를 조금이라도 기쁘게 해
주고 싶었다. 먼지 앉은 화장대를 닦고 정리해 두기도 하고 집
도 깨끗이 치웠다. 밥을 먹지 않고 엄마 오기만을 기다린 날이
었다. 챙겨 먹기도 귀찮고 먹고 싶은 반찬도 없었다. 엄마는 그
날, 일이 힘들었는지 잘 안 내던 짜증을 냈다.

　　"아직도 밥 안 먹었어? 엄마 올 때만 기다리지 말고 알아서
챙겨 먹어! 지수는 동생이랑 김치볶음밥도 해 먹는다더라!"

　　그 말에 기분이 조금 상했다. 그날 이후 동생이랑 둘이 있을
때면 김치볶음밥을 해 먹었다. 김치를 넣고 밥을 넣고 소금과
참기름만 넣으면 끝이었다. 짭짤한 김치볶음밥을 동생은 맛있
게 먹었다. 그때부터 지금까지 엄마는 계속 일하고 계신다. 맞
벌이 가정은 아이들이 뭐든 일찍 스스로 할 수밖에 없다. 아무
것도 할 줄 모르는 것보다 집안일을 잘하는 게 훨씬 낫다. 자립

심도 생긴다. 엄마도 우리가 어느 정도 큰 뒤에야 다시 일을 시작했다. 그래서일까? 나도 막연하게 아이들이 초등학생이 되면 어느 정도 스스로 할 수 있으니 그때 일을 시작해야겠다고 생각해 왔다.

나는 유치원을 1년, 미술 학원을 1년 다녔다. 아침에 일어나면 밥을 먹고 옷을 입었다. 〈혼자서도 잘해요〉란 어린이 프로그램을 보고 있는 동안 엄마는 머리를 묶거나 땋아 주었다. 머리카락 한 오라기까지 빠짐없이 반듯하게 넘겼다. 어릴 적 앨범을 보면 항상 깔끔한 옷을 입고 머리는 단정하게 묶여 있다. 매일 아침 엄마가 단정하게 묶어 주던 머리, 유치원복이 아닌 예쁜 원피스를 입고 가고 싶어서 엄마랑 실랑이하던 아침. 나는 이 기억이 좋다.

아이의 첫 순간을 다른 사람에게 양보하고 싶지 않았다. 밥 먹기, 기저귀 떼기, 옷 입기, 한글 읽기……. 내가 가정 보육을 택한 건 아이들과 함께할 시간이 유한하다는 생각에서였다. 초등학교 입학을 기점으로 사회생활을 염두에 두고 있으니 더 그랬다. 엄마와의 생활을 통해 하나하나 익혀 가길 바랐다. 또래 아이들과 섞여서 생활해야 사회성이 길러진다는 말을 많이 들었다. 아이가 엄마에게서 떨어지지 않고 붙어 있으려는 모습을 보일 때면 더했다.

처음에는 그 말에 흔들리고 불안했다. '내 성격도 내성적인데……. 아이를 이렇게 끼고 있어도 괜찮을까?' 그럴수록 더 책을 찾아 읽었다. 어린 시절 받은 상처는 인생을 살면서 오랫동안 부정적인 영향을 미친다고 한다. 뺏고 때리는 행동도 자기가 당해 봤기에 하는 행동이다. 아직 내면의 힘이 단단해져 있지 않을 때 부정적인 경험이 쌓이면 아이에게도 좋지 않다. 아이는 받아 본 대로 행한다. '애착 형성', '배려 육아'라는 큰 틀 안에서 아이를 키워나갔다.

아파트 단지 앞에 어린이집이 있다. 신호가 바뀌기를 기다리며 선우와 윤우가 어린이집 마당과 현관을 들여다본다. 노란 버스를 스쿨버스라며 아는 체도 한다.

"선우야, 너도 어린이집 가고 싶어?"

"아니! 안 가고 싶어!"

아이가 가고 싶어 하면 보낼 생각이었기에 한 번씩 물어봤다.

"엄마도 같이 있는 거야?"

"아니. 엄마는 같이 안 있어. 선우만 친구들이랑 선생님이랑 재밌게 놀고 밥도 먹고 오는 거지."

"그럼 안 갈래!"

첫째가 여섯 살 봄까지 그랬다. 그러던 어느 날 학교에 가고 싶다고 말했다.

"학교는 아직 나이가 안 되고 유치원에 가 볼래?"

"응! 유치원 가 보고 싶어."

"엄마는 안 가고 선우 혼자만 갔다 오는 거야. 괜찮겠어?"

"응. 재밌을 거 같아!"

어울려 노는 재미도 알아가고 책과 DVD 속 학교생활도 즐거워 보였나 보다. 유치원에 가고 싶다는 아이의 말이 여러 감정을 느끼게 했다. 유치원에 보낸다면 다니게 될 학교의 병설유치원에 보내고 싶었다. 우리 집과도 가깝고 시댁과도 가까웠다. 오며 가며 자주 보고 놀던 곳이라 낯섦도 덜 할 거로 생각했다. 어떻게 지원하는지 찾아보면서 유치원에 대한 정보도 하나둘씩 모았다.

똥을 눈 뒤 아직 씻겨 주고 있지만, 유치원에서는 스스로 해야 한다. 집에서도 한 번씩 혼자 닦아 보려 했기에 큰 걱정은 안 했다.

"선우야, 유치원 가면 집에서처럼 응가하고 씻어 줄 수가 없어. 선우 혼자 닦고 해야 하는데 엄마랑 천천히 연습해 보자."

"응!"

아무렇지 않게, 당연하다는 듯 대답한다. 어느새 아이는 첫

사회생활을 할 준비가 되어 가고 있었다.

유치원 일반 모집을 시작했다. 1지망과 2지망 모두 경쟁률이 높다고 해서 결과가 어떨지 모르겠다. '떨어지면 어쩔 수 없지, 1년 더 데리고 있으면 되지.' 싶다가도 유치원에 가고 싶다는 아이의 말이 걸려서 물어봤다.

"선우야, 선우가 갈 유치원이 다른 친구들도 많이 가고 싶어 하는 곳이래. 그래서 못 갈 수도 있는데 괜찮아?"

"응, 괜찮아!"

이번에도 쿨하게 답한다. '그래. 붙으면 가는 거고 안 돼도 그만이야. 1년 더 아이랑 있을 수 있으니까.' 다섯 살 윤우는 아직 갈 마음이 없다. 형이랑 동생이랑 같이 보내면 좋은데 왜 첫째만 보내냐고 한다. 윤우가 안 가고 싶어 하니까, 엄마랑 있는 게 더 좋다고 하니까 보내지 않는다.

《우리는 언제나 다시 만나》(안녕달, 위즈덤하우스, 2017)라는 그림책이 있다. 유치원에서 아이가 처음으로 혼자 떨어져 자고 오는 날이었다. 엄마는 아이를 기다리며 아기 때부터 함께한 순간들과 그 이후를 떠올려 본다. 아이가 자라서 독립해 나갈 즈음 엄마는 그만큼 더 나이가 들어 있다. 몸은 떨어져 있지만, 마음은 항상 함께다. 그리고 언제나 다시 만난다. 아! 가슴 뭉클하게 하는 또 한 권의 그림책이다. 여덟 살, 초등학교에 입학하는 아이 모습만 떠올려도 눈시울이 붉어진다. 뭔가 내게서 뚝 떨어져 나가는 것 같아 가슴 한쪽이 허전하다. 육아는 아이를 키우는 게 아니라 부모에게서 독립시켜 나가는 과정이라는 말이 생각난다. 제 속도에 맞춰 커가고 있는 아이들을 바라보며 길지 않은 지난 육아를 되돌아본다. 앞으로는 나와 붙어 있는 시간보다 떨어져 있을 날들이 더 많다. 그럼에도 우리는 언제나 다시 만난다.

아들만 둘이라 하면, 자동으로 따라오는 말이 있다.

"딸이 없어서 어떡해?"

"엄마는 딸이 있어야 하는데…."

"아들은 키워 놔 봤자 아무 소용없다."

"딸 하나 더 낳아야겠네."

이런 말을 들을 때마다 '아들이 뭐 어때서? 아들 키우는 재미도 있는데?' 하는 반발심이 생겼다. 딸 있는 사람이 부럽지 않았다면 거짓말이다. '나도 딸이 있으면 좋겠다.' 생각도 했었다. 하지만, 내게 없는 딸보다 내 눈앞에 있는 아들 둘이 더 소중했다. '세상 무엇과도 바꿀 수 없는 존재가 둘이나 있는데 뭘 더! 있는 자식이나 잘 키우자!' 딸에 대한 미련을 내려놓았다.

어린이집에 다니지 않던 형제는 여섯 살, 일곱 살이 되면서

첫 사회생활을 시작했다. 첫째 선우는 "엄마 6시에 데리러 와
~"할 정도로 즐겁게 유치원을 다녔다. 둘째 윤우는 처음엔 안
가겠다고 해서 보내지 않았다. 형이 재밌게 다니는 모습을 보고
3일 만에 유치원에 가겠다고 했다. 윤우는 적응하는 데 일주일
정도 걸렸다. 시간이 지나니 형과 마찬가지로 늦게 데리러 오라
했다.

선우가 처음으로 학교에 가 보고 싶다고 말했던 여름, 배 속
에 셋째가 찾아왔다. 셋째가 생겨서 유치원에 가게 된 것은 아
니다. 일곱 살까지도 데리고 있을 생각이었다. 아이들을 유치원
에 데려다주고 돌아오면 적막함에 잠시 멈칫한다. 처음엔 두 아
들이 없는 집이 낯설었다. 지금은 혼자만의 조용한 시간을 즐
긴다. 큰아이들이 없으니 온전히 셋째에게만 집중할 수 있었다.

셋째가 자는 동안 책을 읽고 글을 쓴다. 선우는 효자다. 5년 연애의 종지부를 찍게 해 준 것도 선우였다.

막연히 두 살 터울쯤으로 생각했던 둘째가 생각보다 일찍 찾아왔다. 8개월이던 선우가 노는 걸 보다가 잠깐 잠이 들었다. 의식은 깨어 있는데 꿈속이었다. 아이 노는 소리가 들리는 와중 어떤 목소리가 들려왔다. '이 아이는 네게 선물이란다.' 눈을 떴다. 누구지? 중저음의 차분한 남자 목소리였다. 하느님 목소리가 이럴까 생각하니 소름이 돋았다. 선물! 배 속의 아이는 내게 주신 선물이구나! 꿈을 꾸고 난 후 태명을 '선물이'라고 지었다.

2021년 1월, 가족이 한 명 더 늘었다. 셋째를 임신했다는 소식보다 셋째가 딸이라는 소식에 더 큰 축하를 받았다. 막내를 유모차에 태우고 아이들과 걸어가면 궁금한 시선이 여기저기서 느껴진다. 셋째는 딸이냐며 축하한다는 말을 자주 들었다. 아들만 키우던 엄마에서 딸도 있는 엄마가 됐다. '사랑이'라는 태명처럼 막내 은서는 집에서도 밖에서도 사랑을 듬뿍 받는다. 은서를 보면 선우, 윤우 어릴 때가 생각난다. 셋째는 그저 사랑스럽다는 말은 커 버린 아이들의 어린 시절을 떠올리게 해서이지 않을까, 큰아이들을 키운 그 사랑으로 막내를 다시 키우는 게 아닐까 생각한다.

이 책의 초고는 첫째, 둘째가 각각 다섯 살, 네 살 되던 해에 썼다. 벌써 3년 전이다. 묵히고 다듬은 끝에 책이 나오게 되었다. 읽고 다듬는 무한한 과정이 쉽지 않았지만, 행복한 시간이었다. 글 속에 담긴 아이들과의 에피소드를 읽으면서 '이런 일이 있었지, 내가 이런 마음으로 아이들을 키웠었지.' 하는 추억에 잠기기도 했다.

결혼 전까지는 부모님이 나를 키워 주셨다. 결혼 후에는 남편과 두 아들이 나를 키웠다. 인생의 새로운 분기가 시작됨을 알린 것이 결혼과 육아였다.

행복한 아내, 행복한 엄마로 살아갈 수 있게 해 준 내 삶의 원동력, 우리 집 세 남자에게 감사와 사랑을 전한다.

연년생 아들 육아

초판인쇄 2022년 7월 07일
초판발행 2022년 7월 12일

지은이 안현진
발행인 조현수
펴낸곳 도서출판 프로방스
기획 조용재
마케팅 최관호, 최문섭
교열 · 교정 이승득
디자인 문화마중

주소 경기도 고양시 일산동구 백석2동 1301-2
넥스빌오피스텔 704호
전화 031-925-5366~7
팩스 031-925-5368
이메일 provence70@naver.com
등록번호 제2016-000126호
등록 2016년 06월 23일

정가 15,000원
ISBN 979-11-6480-223-4 (03810)